충虫선생

충선생

곽정식 지음

자연경실

이 책은 한자 이름에 벌레 '충蟲' 자가 들어간 생물체 스물한 종에 관한 이야기이다.

한자 문화권에서는 인간은 코로 숨을 쉬어 천기天氣를, 입으로는 땅에서 나는 것들을 먹어서 지기地氣를 받는다고 보았다. 또 천기를 받는 코와 지기를 받는 입 사이에 인중人中이 있는 것은 '하늘과 땅 사이에 사람이 있다'고 보았기 때문이다. 결국, 인간은 천기와 지기를 받는 생태적 존재인 셈이다. 수직적 시각으로 보면 하늘 아래 인간이 인간 아래 땅이 있는 것처럼 보일 수도 있지만, 수평적으로 보면 인간은 지상地上과 수중水中의 다른 생물체들과 함께 생태적 공동체를 이루어 살아가고 있다.

인류는 그동안 정복과 개발, 구충과 박멸, 생산성 향상 등의 용어를 사용하면서 동료 생명체와 자연에 대하여 마치 타고난 우월성이 있는 것처럼 거침없이 행동하였다. 득히, 산업화 이후 인구가 급격히 늘어나면서 농업 생산성을 높이고자 무분별하게 살충제까지 사용하여 동료 생명체들에게 큰 고통과 피해를 주어왔다. 일부 생명체는 고통의 수준을 넘어 멸종까지 당하고 말았다. 그 결과 우리는 모두의 시원적 고향인 자연을 훼손하고 생태계를 손상시키는 우(愚)를 저지르고 말았다. 부끄럽게도 다음 세대에게 자연과 생태를 복원시켜야 하는 부담까지 안기게 되었다.

돌이켜보면, 그동안 우리는 인간만의 역사를 써 왔다. 이제 우리는 인간이 자연과 지구의 유일한 지배자라는 오만에서 벗어나 생태계의 동반자이자 보호자로서 역할을 해야 할 시점에 와 있다.

지구상의 생명체는 모두 각자의 특성을 유지하며 다른 생명체들과 어울려 살아가고 있다. 새는 날고, 지렁이는 긴다. 벌은 쏘고, 거머리는 피를 빤다. 각 생명체의 고유한 특성에 대하여 '유익하다', '무익하다'라는 인간 위주의 평가, 해석, 분류는 대자연의 관점에서 보면 시시한 이야기일 뿐이다. 모두가 삶의 동반자일 뿐이다.

이 책을 쓰는데 제법 시간이 걸렸지만 지치지 않게 쓸 수 있었던 것은 어린 시절의 생태계에 대한 아련한 추억 때문이었다. 아련한 추억의 조각들은 나로 하여금 벌레들에 대하여 '잘 안다'라는 과도한 자신감을 느끼게 하였다. 사실 그 자신감으로 책을 쓰기로 결심했지만 결코 만만치 않은 일이었다.

여기서 포기하면 다시는 기회가 오지 않을 것 같아 마음을 굳게 먹고 일단 써 보기로 했다. 차근차근 자료를 모았다. 글이 마음에 차지 않으면 고치고 또 고쳤다. 글을 쓰다 궁금한 것이 나오면 책을 찾아보고 책으로 안 되면 현장을 찾아 확인하고 때로는 낯선 외국의 노인들에게도 귀동냥을 청하기도 했다. 작년과 재작년 머릿속은 온통 곤충과 벌레들로 꽉 차 있었다. 곤충과 벌레들로부터 많은 것을 배우고 깨우쳤다. 어제의 친구가 오늘의 스승이 된 것이다.

이 책을 한참 쓰던 2019년 초 '어떻게 해야 곤충에 대한 좋은 정보를 잘 전달할 수 있을까?'에 대한 고민에 빠졌다. 며칠 애를 태우던 중 우연히 곤충의 '곤昆' 자를 구글링 해보았다. 문득 첫 페이지에 나타난 중국 도시인 '곤명昆明'이 눈에 들어왔다. 어쩌면 이 곤명이라는 도시가 곤충과 관련이 있을지도 모른다는 가슴 벅찬 의문을 품게 되었다. 그 의문은 결국 중국 운남성雲南省 곤명昆明에 소재한 중국자원곤충연구소에 전화를 하게 만들었다. 전화를 받은 연구소 직원들은 뜬금없는 한국인의 전화에 적잖이 당황하였다. 한동안 무반응이었던 중국인들에게 우리 동양 철학과 곤충에 대한 해석론을 널리 전파하고자 하려는 의지를 재차 강조하며 접촉을 요청한 끝에 결국 2019년 2월 곤명으로 떠나게 되었다.

곤명과 곤충을 연관 지었던 이유는 곤명昆明의 '곤昆' 자는 '일日' 자와 '비比' 자가 결합한 것으로 보았기 때문이다. '곤충昆蟲의 생육은 햇빛日에 비례比한다'는 의미로 해석해 보았던 것이다.

중국 연구원들과 이것저것 의견을 나눌 기회를 얻게 되었다. 특히 진드기와 나비를 연구하는 Chen Hang陳航 박사에게 많은 질문을 하고 답을 얻었다.

책을 써 나가다 보니 단순한 자연과학적 묘사보다는 동양의 문화 인류학적 내용까지 소개하고 싶은 마음이 생기게 되었다. 자연스럽게 사회현상도 말하게 되었다. 사실 앙리 파브르 선생을 비롯한 서양학자들의 자연과학적 관찰은 동양에 잘 알려진 반면, 동양인의 관찰과 표현은 서양에 거의 알려지지 않았다. 한자 문화권에 있는 동양인의 관찰과 묘사, 그 속에 숨어 있는 은유와 해학을 서양의 벗들에게 소개하고 싶은 욕구 또한 한몫을 하였다.

이 책을 쓰면서 부족함을 깨닫고, 공부하며 깨우쳤다. 소중한 시간이었다.

2021년 3월

頃堤 郭晶植

PART 1

가까이 있는 충선생

虫·선·생

늘 신중한 잠자리|蜻蜓 청정

아침 일찍 산소에 가게 되었다. 날씨는 맑았지만 이른 아침이라 산소로 진입하는 비좁은 풀숲 길은 축축한 이슬이 맺혀 있었다. 맺힌 이슬로 바지는 젖고, 자그만 나뭇가지 사이에 쳐 있는 거미줄에서는 찬 물방울이 연신 얼굴에 튕겼다.

축축하고 찬 기운이 가시기를 기다려 성묘를 시작할 무렵 고추잠자리 한 마리가 상석床石● 위를 몇 번이나 살피더니 조심스럽게 내려앉아 바닥에 날개를 바짝 붙이고 조용히 햇볕을 쬐기 시작한다. 이어서 두어 마리가 더 내려앉아 햇볕을 잘 받는 상석의 모서리를 잡아 일광욕을 시작한다. 가족들도 잠시 성묘할 것을 잊은 듯 이 장

● 상석(床石): 무덤 앞에 제물을 차려놓기 위해 넓적한 돌로 만들어 놓은 상

면을 흥미롭게 주시한다.

잠자리는 우리 주변 어디에나 있다. 빨랫줄에 앉은 쌀잠자리, 상추 꽃대에 앉은 보리잠자리, 초가을 볕에 말리는 고추와 나락 위를 나는 된장잠자리, 아침 햇살 가득한 장독대에 앉아 날개를 말리는 고추잠자리, 연못가에서 몸을 바르르 떨다 수초줄기에 몸을 붙이는 실잠자리는 언제 보아도 정겹고 반갑다. 우리는 집 주변에 사는 잠자리들을 토종 식재료 이름을 따라서 쌀잠자리, 보리잠자리, 밀잠자리, 된장잠자리, 고추잠자리라고 불러 친근감을 표시해 왔다.

어른이 되어 만난 잠자리 역시 언제 어디서 보아도 허물이 없다. 경원선 철도 중단점인 신탄리역 '정지' 표지판 위에 내려앉은 고추잠자리, 중국 길림성吉林省 장춘시長春市 교외를 유유히 나는 된장잠자리, 일본 아오모리 부근 시골 개울가에서 만난 장수잠자리 역시 모두 시원적 반가움을 느끼게 한다. 양산만 한 연꽃 잎 아래에서 잠을 자고 있던 태국의 말잠자리, 파리 에펠탑 주변 관광객들과 아프리카에서 온 좌판 상인들 위를 유영하는 밀잠자리… 너희가 여기에도 있구나! 잠자리 덕에 잠시 이국의 낯섦을 잊게 된다.

사람들은 스위스를 아름답다고 말하지만, 막상 살다 보면 그림엽서 속에 갇혀 산다는 생각이 문득 들곤 한다. 그 뒤 다시 가 보아도 역시 같은 느낌이다. 곰곰이 생각해 보니 스위스에서 잠자리를 본 기억이 없다. 모기에 물려본 기억도 없다. 산이 높으니 골이 깊고 흐르는 물의 유속이 빨라 모기 유충이 살 수 없어 모기를 먹고 사는 잠자리 역시 없었던 것이다. 잠자리가 살기 좋은 논과 둠벙이 많은 농촌에서 자란 탓에 잠자리는 마음속 깊은 곳에 삶의 동반자로 자리잡고 있었다.

잠자리는 물에서 자라 땅으로 나와 하늘을 비상한다. 잠자리 유충은 물속에서 살면서 모기 유충인 장구벌레를 잡아먹다가 성충인 잠자리가 되면 모기나 진딧물 같은 해충을 잡아먹어 우리에게 넉넉한 농작물을 선사한다. 이런 고마운 잠자리에게 사람들이 해주는 일은 아무것도 없다. 일방적으로 잠자리가 주는 혜택만 누려 온 것이다. 이기적 유전자를 가진 인간으로서도 오랫동안 헌신한 잠자리에게 애정과 호감을 느끼는 것은 너무도 당연하다.

반전反轉
___

연약하게 보이는 잠자리에게는 다른 곤충들에서는 볼 수 없는 강인함이 있다. 그 강인함은 눈과 날개에서 나온다. 잠자리는 한 쌍의 큰 겹눈과 그 겹눈 안에 있는 2만여 개의 육각형으로 된 낱눈이 있다. 낱눈과 겹눈을 총동원하여 전후좌우를 살피고 크기가 거의 같은 네 장의 얇고 투명한 그물 모양의 날개를 모두 사용하여 공중에서 급정지와 선회는 물론 후진까지 한다.● 잠자리를 잡으려고 뒤에서 몰래 접근해도 잠자리는 겹눈과 낱눈 덕분에 금방 알아차리고 앉아 있던 자리에서 몸을 띄워 몇 차례 날개를 떨다가 날아가 버린다. 잠자리의 많은 낱눈들은 잠자리가 사냥하거나 방어를 할 때도 시야의 사각지대를 없애준다.

잠자리는 일단 먹잇감을 발견하면 레실린Resilin이라는 탄성물질을 가진 날개와 가늘고 긴 몸체로 시속 50km의 빠른 속도로 삽시간에 목표물에 접근한다. 먹이가 되는 모기는 불과 시속 2km의 속도로 비행을 한다. 일반적으로 포식자는 먹잇감을 능가하는 '속도'를 가지고 있다. 또 잠자리에게는 파리처럼 물결치듯 비행하다가 먹이를 잡을 때는 머리를 회전하여 자신의 비행 궤적을 수시로 조절하는 순발력까지 있다. 잠자리의 비행 속도와 순발력은 포착한 먹이의 95% 이상을 잡을 수 있게 한다.●● 상어가 50%인 점을 고려하면 높은 성공률이다. 잠자리는 잡은 먹이를 갈퀴 같은 다리로 움직이지 못하게 한 후 강한 턱으로 최종 마무리를 한다.

중학교 2학년 때 같은 반에 소녀처럼 말하고 행동하는 친구가 있었다. 이 친구의 우아한 행동에서 잠자리를 연상한 나는 이 친구에

● 어릴 적 잠자리에 관심이 많던 러시아계 미국인 시코르스키는 잠자리의 독특한 비행술과 탁월한 비행능력에 힌트를 얻어 최초로 헬리콥터를 만들었다.
●● 드론에 잠자리의 겹눈을 적용시켜 탐지 능력을 향상시키려는 연구가 진행되고 있다.

게 '잠자리'라는 별명을 붙여 주었지만, 주위 아이들은 한술 더 떠 '각시잠자리'라고 부르곤 했다.

같은 반에 자신이 의리와 남성미가 '철철' 넘친다고 하여 '철철이'라고 자칭하는 우락부락한 친구가 있었다. 마침 자리 이동이 있어 잠자리 뒤에 철철이가 앉게 되었다. 쉬는 시간이 되면 철철이는 '잠자리'의 독특한 말투를 흉내 내기도 하고, 수업 시간에는 뾰족한 연필 심으로 '잠자리'의 등을 콕콕 찌르며 '각시잠자리'라고 리듬을 넣어 부르기도 하였다.

봄철 5교시 졸리는 눈으로 국어 선생님의 얼굴을 훔쳐보며 깜박깜박 도둑잠을 청할 때였다. 갑자기 뒷줄에 있는 친구들의 웃음소리가 폭발한다. 인자한 국어 선생님의 눈이 두꺼운 안경테 뒤에서 휘둥그레지고, 웃음소리는 앞줄로 번지며 더욱 커진다. 철철이가 잠자리의 등 뒤에 '나는 각시잠자리래요.'라는 글을 써서 곤충 핀으로 꽂은 것이다. 이윽고 쉬는 시간이 되었다. '잠자리'가 고개를 돌려 뒤에서 괴롭히던 철철이를 노려보며 말했다.

"있다가 수업 끝나고 우리 한 판 붙자!"

얌전한 잠자리도 도저히 참을 수 없었던지 철철이에게 결투 신청을 한 것이다. 철철이는 가소롭다는 듯

"한 판이라? 두 판도 좋지!"

라고 말한다. 방과 후 다른 반 아이들까지 삼삼오오 호기심 반, 불안 반으로 숙직실과 아카시아 나무 숲 사이 공터 '결투장'에 모였다.

잠자리를 만만히 본 철철이가 잠자리를 향해 먼저 주먹을 날리자, 잠자리는 날쌔게 피하는가 싶더니 곧바로 주먹을 날리는데 예사 주먹이 아니었다. 첫 펀치가 철철이의 면상에 꽂히자 철철이는 당황한 빛이 역력해졌다. 결국 철철이는 잠자리에게 두어 번의 추가 펀치를 맞은 후 쌍코피가 터지고 말았다. 잠자리의 예상치 못한 승리에 모두들 한동안 말을 잊다가 누군가 달려가 철철이의 코피를 닦아주었다.

다섯 누나 틈에서 크는 잠자리가 남성성을 잃을까 염려한 잠자리 어머니는 잠자리를 어릴 때부터 태권도 도장에 보냈다. 중학생이 된 잠자리는 이미 성인 수준의 실력을 갖추고 있었으니 철철이가 얻어터진 것은 어쩌면 당연한 일이었다.

연약함 속에 감추어진 잠자리의 진면목을 보지 못한 철철이의 방자함이 낳은 결과이니 누구를 원망하겠는가? 중학교를 졸업한 지 30년 만에 만난 철철이는 신중하고 겸손한 사업가가 되어 있었다. 철철이는 30년 전 잠자리와의 싸움에서 사람을 겉으로만 평가하는 것이 얼마나 어리석은 일인지를 처절하게 깨달았을 뿐 아니라 사람에 대한 선입견을 아예 갖지 않게 되었다고 한다.

잠자리는 여러 번 날았다 앉았다를 반복하지만, 일단 앉을 자리를 정하고 나면 그 자리에서 움직이지 않는다. 한번 앉으면 발로 이동할 수 없는 치명적인 단점을 가진 잠자리로서는 앉을 자리를 결정할 때 신중할 수밖에 없다. 신중함으로 단점을 극복하는 것이다.

신중하지 못하면 낭패를 보는 수가 많다. 반대로 너무 신중하면 놓치는 일도 많다. 결정하기 전까지는 신중하게, 한번 결정하고 나면 같은 태도를 유지해야 하는 것을 오랜 친구 잠자리를 통해서 배우게 된다.

우리 주변에는 생김생김이나 행동이 얌전하여 온유하게 보이지만 냉철한 판단과 뚝심으로 성공한 사람들이 있다. 이런 사람들이 바로 잠자리처럼 선입견을 뒤엎는 반전의 매력을 가진 사람들일 것이다.

시맥翅脈

어린 시절, 곤충을 관찰하거나 잡아서 노는 것만큼 여름철의 무료함을 달래는 좋은 방법은 없었다.

잠자리는 아름다운 금빛의 눈과 비단 같은 얇은 날개를 가진데다 냄새도 나지 않아 장난감 삼아 놀기에 더없이 좋은 곤충이었다. 잠자리를 잡아 손가락 사이에 날개를 끼워두고 한참 있다가 잠자리를 놓아주면 잠자리는 더 이상 날지 못하고 바닥에서 파닥이다 죽고 만다. 쓰러진 잠자리의 날개는 어김없이 부서지고 헤져 있었다. 잠자리를 죽일 의도까지는 없었기에 허무할 정도로 쉽게 죽은 잠자리가 야속하기도 하였다.

뛰어난 눈과 비행 능력을 가진 잠자리지만 날개는 속이 비치는 '시스루 천'처럼 얇고 연약하다. 넉 장의 잠자리 날개에는 미세한 양의 피가 흐르는 까만색의 가는 시맥翅脈이 흐른다. 변온동물인 잠자리는 아침 햇볕으로 시맥을 따뜻하게 데워야 활동 에너지가 나오고 짝짓기도 할 수 있다. 시맥이 상한 잠자리는 맥을 못 추다가 죽고 만다. 아름다운 잠자리 날개에 치명적인 약점이 있다는 것을 알게 된 뒤에는 나의 무지로 인해 죽었던 잠자리들에게 몹시 미안하였다.

　아름답고 멋있게 보이는 것에 숨겨진 '약점'은 잠자리의 시맥에만 있는 것은 아닌 것 같다. 우리에게도 예민한 시맥이 흐르고 있다. 하얀 피부의 미인이 햇빛 알레르기로 남모르는 고통을 받기도 하고 유복한 환경에서 자란 귀공자는 나중에 그 환경 때문에 힘들어 하기도 한다. 늘 밝은 사람이 도리어 우울한 사람이라는 말도 밝음 속에 우울이라는 시맥이 있다는 말이다. 사람의 시맥은 다른 사람들의 간섭과 부대낌 속에서 부러지고 찢어지기도 한다. 한번 시맥이 상한 사람은 위축되어 타인을 기피하고 자신까지 혐오하게 된다. 나의 시맥도 타인의 시맥도 늘 살피고 보호해야 한다.

청점蜻点

잠자리蜻蜓가 많이 날아다니는 물의 도시 중국 소주蘇州에서 만난 왕王노인은 잠자리가 꼬리로 수면 위를 찍었다 날아오르기를 반복하는 장면을 홀린 듯 바라보다가 중국어 표현 하나를 알려주었다.

"잠자리가 물 위에 꼬리를 내려 수면을 살짝살짝 건드렸다 날아오르는 반복적 동작을 '청정점수蜻蜓点水'라고 하네. 줄여서 '청점蜻点'이라고도 하지. 원래 '청정점수'라는 말은 두보의 〈곡강曲江〉●이라는 시에도 소개된 말이라네"

왕 노인은 "나도 젊었을 때 청점을 많이 하고 다녔다네!"라고 싱긋 웃음을 짓는다. 왕 노인은 청점은 한곳에 집중하지 못하고 산만하거나, 일을 겉치레로 하고 한곳에 오래 머물지 못하는 것을 표현할 때 쓰는 말이라고 설명한다. 여러 이성을 사귀며 상대를 수시로 바꾸는 것도 청점의 예라고 했다. 축구에서 골인은 못 하면서 문전에서 슈팅만 날리는 것 역시 청점의 좋은 예가 될 것이다.

"청점이 꼭 나쁜 것은 아니라네. 다 사는 맛이지…"라고 말하는 왕 노인은 나의 동의를 구하듯 바라보다가 내가 그럴듯한 중국어 대답

● 두보(杜甫 AD 712~770)는 늦은 봄날 취기에 젖어 퇴근길에 떠오른 시상을 〈곡강(曲江)〉이라는 시에서 '인생칠십고래희(人生七十古來稀)'라 하여 70세도 살지 못하는 인생을 서글퍼했다. '고희(古稀)'라는 말도 여기서 나왔다. 그는 이어서 "나비는 꽃들 사이에 몸을 감추고, 잠자리는 물 위에 점을 찍기도 하고 팔랑팔랑 날기도 하는구나(穿花蛺蝶深深見, 點水蜻蜓款款飛)"라고 하여 늙어가는 심경을 표현하였다.

을 하려고 뜸을 들이는 사이 수로 위의 잠자리로 다시 눈길을 옮긴다.

우리는 가끔 망설이기도 하고 기웃거리기도 한다. 물건을 살 때도, 음식점을 고를 때도 그렇다. 여기저기 구경을 하면서 비교하고 선택하다 보면 일상의 스트레스가 풀린다. 마트에서 사과를 살 때도 박스 채 사는 것보다는 사과더미에서 '집었다 놓았다' 하면서 비닐봉지에 담을 때가 더 즐겁다. 심심할 때는 여기저기 전화를 걸다가 반갑게 응해주는 분과는 긴 통화를 하기도 한다. 통화 중에 뜻밖의 정보나 아이디어를 얻어 생활에 활용하기도 한다.

인생살이가 항상 진지하고 묵직하면 고되다. 가끔은 한 곳에 오래 머물지 못할 수도 있고, 집중하지 못할 수도 있다. 여러 이성을 만나기도 하고 헤어지기도 하고 방황할 수도 있다. 시험에 실패할 수도 있다. 이럴 때는 여기저기 돌아다니면서 이 사람 저 사람을 만나다 보면 마음이 풀리고 힘을 얻어 다시 세상을 맞이한다. 생산적인 '청점'이라고 할 수 있다.

청령蜻蛉

구름이 낮게 깔리고 선선한 바람이 부는 미국 시애틀 항에는 유난히 많은 된장잠자리가 저공비행을 한다. 잠자리들은 마야문명의 유적지가 있는 유카탄반도에서 6,000km의 먼 길을 비행한 피로도 잊은 채 알래스카까지 3,000km의 뱃길 여행을 하는 크루즈선 승객들에게 안녕을 비는 선회 비행을 해주는 것이다.

여름에 흔히 보이는 된장잠자리는 누런색에 머리는 크고 체형은 통통하다. 몸은 비행 중에 수분이 증발하여 체온이 떨어지지 않도록 두꺼운 왁스층으로 덮여 있는데 아주 가볍다. 특히 가슴에는 공기를 보관하는 기관이 잘 발달되어 장거리 비행에 적합한 몸 구조를 가지고 있다. 우리는 누런색에 주목하여 '된장잠자리'라고 부르지만 영어로는 '떠도는 글라이더Wandering Glider' 홍콩에서는 태풍을 타고 온다고 해서 '태풍잠자리'라고 부른다.

인도 남부의 된장잠자리는 1,000m의 고도에서 바람을 타고 인도양을 건너서 동아프리카까지 10,000km를 넘는 대장정을 한다. 된장잠자리는 비행 중에도 물웅덩이가 보이면 알을 낳고 태어난 애벌레는 성체가 되면 이동대열에 합류한다. 세계 여러 지역에 살고 있는 된장잠자리●는 유전자가 같아 서로 대양을 넘어서 교배하는 단일 지구종이라고 할 수 있다.

일본 히로시마 평화기념관에는 낡은 회중시계 하나가 전시되어 있다. 시계는 1945년 8월 6일 오전 8시 15분에 멈춰져 있다. 히로시

● 된장잠자리는 추위에 약한 탓에 알과 유충은 겨울이 있는 한국에서는 견디지 못한다. 한국의 된장 잠자리는 주로 중국 양쯔강 이남 즉, 필리핀, 태국, 인도네시아에서 온다. 이때 된장잠자리의 여행 파트너는 다름 아닌 제비다. 제비는 된장잠자리를 잡아먹으며 긴 비행을 한다. 된장잠자리가 제비 의 이동식 식량이 되는 셈이다.

마에 원자폭탄이 터졌던 그날, 그 시각이다. 그 옆에는 그 당시 상황을 묘사한 영어 글귀가 있다.

A dragonfly flirted in front of me and stopped on a fence. I stood up, took my cap in my hands, and was about to catch the dragonfly when….
(잠자리 한 마리가 내 앞을 왔다 갔다 하더니 담장 위에 앉았다. 내가 일어서서, 모자를 벗어 잠자리를 잡으려는 순간…)

잠자리가 공중을 끊임없이 왔다 갔다 하는 모습은 정보를 얻어 소식을 전하려는 전령의 모습이다.

잠자리는 청정蜻蜓이라는 한자 이름 외에도 '알리다'는 의미의 영令 자를 붙여 청령蜻蛉으로도 불린다. 원자폭탄이 터지던 그날 아침 히로시마 상공은 구름이 끼고 공기는 습했다. 그날따라 수많은 잠자리들이 저공비행을 했다고 한다. 계절로 보아 그날 히로시마 상공을 날던 잠자리는 된장잠자리였을 것이다. 그 된장잠자리들은 과연 어떤 메시지를 전하려고 했던 것일까?

02

단순한 매미蟬 선

매앰 맴~ 여름 숲을 채우는 매미의 울음소리는 작열하는 태양, 달구어진 장독 뚜껑, 고운 봉선화, 삶은 옥수수 향까지 여름의 모든 것을 한 번에 울컥 떠오르게 한다.

초등학교 여름방학 숙제에는 식물채집과 곤충채집이 빠지지 않았다. 식물채집이야 몇 가지 식물을 잘 말려 종이에 테이프로 붙이고 식물 이름을 적어서 제출하면 쉽게 해결되지만, 곤충채집은 여러 종류의 곤충을 잡아서 방부용 알코올을 주사한 후 자그만 나무판에 핀으로 꽂아 제출해야 하니 식물채집보다는 난이도가 훨씬 높았다.

채집하는 곤충은 주로 잠자리, 풍뎅이, 호랑나비, 매미, 여치와 방아개비들이었다. 이 중에 잠자리는 쉽게 잡을 수 있었지만, 매미를 잡기는 쉽지 않았다. 귀청이 떨어지게 우는 매미 소리를 따라가 보지만 예민한 매미는 이미 기척을 느끼고 소리를 딱 멈춘 채 경계에 들어간다. 매미는 나무껍질과 같은 어두운색을 띠고 높은 나무에 붙어 있어 어린아이의 눈으로는 발견하기 쉽지 않았다.

어렵사리 매미가 우는 위치를 알아내도 손을 뻗어 쉽게 잡을 수 있는 곳에 붙어 있는 것도 아니다. 잔뜩 긴장하고 집중하여 곤충 채를 매미에 대려는 순간 매미는 상공으로 날아가 버리고 만다.

방학 숙제로 제출한 곤충 중에 매미가 있으면 선생님은 "와~ 이 매미 크구나!" 하시며 기특해하셨다.

매미는 누가 보더라도 다른 곤충보다 몸집이 커 볼륨감이 있고 세게 울어 호기심을 끌었다. 여름방학이 시작할 때부터 울기 시작한 매미는 방학이 끝날 때까지 울었다.

매미는 한 마리가 울기 시작하면 온 동네 매미가 따라서 운다. '맴맴' 우는 한국 매미도, '쯜러知了'라고 우는 중국 매미도, '민민ミンミン'으로 우는 일본 매미도 한더위를 울고 나면 긴 여름은 머리를 수그리고 가을에게 자리를 양보한다.

요즈음은 도시에 사는 매미가 시골 매미보다 더 세게 운다고 한다. '그럴 리가?'라고 생각했는데 알고 보니 전에 없던 '말매미'가 도심에 나타나 성능이 좋아진 스피커로 울기 때문이다. 말매미가 나타나게 된 것은 고층 건물 때문에 도심의 열이 제대로 빠져나가지 못해 도심의 온도가 높아져 말매미가 살기 좋은 조건이 된 탓이다.

이전에 낮은 소리로 울던 '참매미'는 온도가 섭씨 23도 이상이 될 때 울기 시작하지만, 말매미는 섭씨 27도부터 운다고 한다. 하루 중에도 참매미는 기온이 낮은 동틀 무렵에 울지만, 기온이 올라가는 낮이 되면 말매미가 도맡아 운다. 도시에 사는 말매미들은 도시의 소음보다 더 크게 울어야 하기에 도시인들에게는 영 반갑지 않은 여름 손님이 된 것이다.

우화 羽化

매미의 울음소리는 처음에는 무심결에 잘 듣다가도 계속 듣다 보면 귀가 얼얼해지고 더운 여름이 더 덥게 느껴진다. 나중에는 신경이 곤두서 자제력을 잃을 정도가 된다. 매미가 이 정도로 시끄럽게 울 수 있는 능력은 어디서 나오는 것일까?

매미가 우는 곡절도 알고 보면 수컷이 암컷을 유혹하는 '구애'의 표현일 뿐이다. 울어야 하는 운명을 타고난 것은 '매미'가 아니라 수컷 매미다. 암컷 매미는 울지 않는다.

수컷 매미가 크게 울 수 있는 이유는 옆구리 근육을 비벼서 내는 소리를 배 속의 빈 공명실에 보내 소리를 증폭시키기 때문이다. 바이올린을 켤 때 활과 줄을 마찰시킨 소리가 바이올린의 텅 빈 공간으로 들어가서 소리가 커지는 것과 같은 원리이다. 공명실은 수컷의 몸 절반 이상을 차지한다. 수컷 매미의 배 속은 사실상 텅 빈 울림통이다.

매미는 보통 어린아이로 7년을 땅속에서 보내다 어른으로는 며칠의 짧은 생을 산다. 사자나 호랑이의 수컷이 암컷에 비해 화려하고 잘 생긴 외모로 암컷의 관심을 끈다면 수컷 매미는 울음소리로 암컷에게 구애를 한다. 사실, 수컷 매미가 아무리 잘 생겨봤자 별 볼 일 없고 잘 울어야 암컷에게 주목을 받는다. 예민한 청각을 지닌 암컷 매미는 좀 더 힘차고 우렁찬 소리를 내는 수컷을 선택하여 짝짓기를 하는데, 끝나고 나면 수컷은 바로 죽는다. 이어서 암컷 역시 나무껍질 안에 산란관을 박고 300여 개의 알을 낳은 뒤 곧 죽고 만다. 겨우 3주를 밖에 나와 살기 때문에 노래를 부를 수 있는 시간은 10일 정도에 불과하여 수컷 매미는 더욱 절박하고 처절한 노래를 부를 수밖에 없다.

매미 알들은 나무껍질 속에서 일 년을 지내고 부화하면 유충이 된다. 매미 유충은 스스로 나무에서 떨어져 땅속으로 들어가 나무뿌리 수액을 빨아먹으며 지내는 5년간 네 번의 허물을 벗고 성충이 된다. 초여름 비가 촉촉이 땅을 적신 어느 맑은 달밤, 유충은 온 힘을 다하여 땅을 뚫고 나와 6~7년 만에 자신이 태어난 곳으로 돌아온다.

죽음의 위협을 무릅쓰고 나무 위로 올라간 유충은 탈피하고 우화羽化하여 몸과 날개를 펼치며 어른이 된다. 우화는 천적도 깊이 잠이 든 시간에 이루어진다. 늦어도 달이 지기 전, 해가 뜨기 전에 끝내게 되는데 보통 두 시간 정도 걸린다. 두 시간 내에 축축한 날개를 말리고, 곱게 펴는 과정까지 모두 마쳐야 한다. 우화 시간이 늦어져 해가 뜨고 나면 눈을 뜨기 시작한 새들의 먹이가 되기 때문이다. '일찍 일어난 새가 벌레를 잡아먹는다Early bird gets the worm'라는 말이 떠오를 것이다.

우화를 마친 매미의 날개에는 무지갯빛이 돋아 영롱하다. 무지개를 홍虹이라고 하는 이유가 짐작된다. 벌레虫가 만드는工 색, 그것이 바로 무지개색이다.

여름날 비가 오고 난 후 뜨는 무지개는 언제 어디서나 아름답다. 특히 전통적인 다리 위에 드리워진 무지개는 더욱 아름답다. 비가 많이 오는 중국 상해 인근에는 작은 강들이 많고 강을 건너는 크고 작은 다리 또한 많다. 상해에 있는 '무지개다리'라는 뜻의 '홍차오虹橋'는 그 지명만 들어도 운치가 있다.

우화가 끝나 성충이 된 매미는 나무 위로 올라가 길어야 3주의 짧은 삶을 살고 간다. 매미蟬는 홀로孑 땅속에서 긴 시간을 은인隱忍하다 세상에 나와 짧은 시간을 보내고 생을 마감한다. 최고로 길게는 17년 즉, 884주를 땅속에 있다가 겨우 3주를 살다 가는 것이다. 매미는 생의 99% 이상을 미성년 상태로 보낸다. 이토록 짧은 땅 밖의 삶을 사는 매미이다 보니 조금 시끄럽게 울더라도 너그럽게 보아주어야 할 것 같다.

탈피脫皮

나무에 붙은 매미껍질을 매미로 착각하여 숨죽이고 다가갔다가 껍질임을 알고 허망해하였던 경험이 있을 것이다. 매미가 우중충한 옷을 벗고 화려한 날개를 얻는 탈피●가 너무나 극적이다 보니 매미의 탈피를 소재로 한 이야기가 전해진다. 탈피를 의인화하여 매미가 허물을 벗는다는 뜻의 '금선탈각金蟬脫殼'은 유방劉邦이 항우項羽군에 포위되었을 때 부하가 유방으로 변장하고 대신 잡혔다. 그 틈에 유방은 도망갈 수 있었다는 고사에서 유래한 것인데 자기의 허물을 과감히 벗어던지는 매미의 탈피에 비유한 고사가 되었다. 적이 의심하지 않도록 방어태세는 그대로 유지한 채 은밀히 주력을 이동시켜 위기에서 벗어나는 것을 말한다. 금선탈각이라는 전투 계략은 매미가 천적들이 전혀 눈치채지 못한 상태에서 빈 껍질만 남기고 새로운 몸으로 변신하여 날아가 버리는 것을 말한다. 매미를 잡으려 했던 천적이나 사람은 희롱당한 꼴이 되고 만다.

금선탈각의 사례는 치열한 비즈니스 세계에서도 자주 목격된다. 현재 진행되고 있을 수 있는 금석탈각의 사례를 보자!

비슷한 시기에 귀농을 한 범식과 금보는 이웃 마을에서 상추 농사

● 탈피는 '껍질을 벗다'라는 의미로 '탈각(脫殼)'이라고도 한다. 탈피한 참매미의 껍질은 선퇴(蟬退)라는 이름의 약재로 쓰인다. 한국, 중국, 일본의 전통 의학에서 선퇴를 감기와 해열에 효과가 있다고 인정하여 탕약의 재료로 썼다. 최근에는 파킨슨병에 효험이 있다는 주장도 나오고 있다.

를 짓는다. 토질도 비슷하고 요즘 사람들이 선호하는 상추 종자로 농사를 짓기에 맛도 때깔도 판매량도 비슷하다. 한 마디로 고만고만하다. 두 사람은 작년에 가뭄에 시달리면서 상추가 말라 죽고 뻣뻣해진 일도, 금년 여름에 큰비가 자주 내린 탓에 상춧잎이 다 썩어버린 일도 같이 겪고 있다. 뉴스에서는 상춧값이 금값이고 삼겹살을 먹을 때 상추를 너무 조금 준다고 불만을 표시하는 소비자의 인터뷰도 나왔다. 늦은 시간까지 상추에 물을 주고 늦은 저녁을 먹으며 텔레비전을 보던 범식의 눈이 휘둥그레진다. "아니 저 친구는 금보 아냐?" 햇볕에 탄 얼굴을 진정시키기 위해 오이를 붙이고 누워 있던 부인도 깜짝 놀란다. "맞네~ 아니 웬일이야? 양지마을에 사는 금보씨 아냐?"

소비자 스마트팜으로 재배되어서 그런지 맛도 좋고요. 미세먼지를 채소가 흡수한다고 해서 채소를 먹을 때마다 꺼림직했는데 스마트팜 채소를 먹으면서는 걱정하지 않고 듬뿍 먹고 있어요. 집에서 믿을 수 있는 채소랑 밥 먹는 게 행복해요.

아나운서 도시인들이 즐겨 먹는 잎채소를 스마트팜 농법으로 짓고 있는 농업인 황금보씨를 만나보고 있는데요. 앞으로의 계획에 대해 들어보기로 하겠습니다.

황금보 아~ 우리나라는 스마트팜농법에 대한 정보가 부족하여 많은 어려움을 겪었는데 제가 어렵게 배운 지식을 잎채소 농업인들에게 가르쳐 줄 스마트팜 농업학교를 만드는 것이 꿈이고요. 앞으로… 수확

후 5시간 안에 소비자의 식탁에 도착할 수 있도록 물류를 강화하고…

이처럼 금선탈각은 주변이나 경쟁자들이 미처 의식도 못 하고 있을 때 일어난다.

학창시절 시험을 앞두고 '라이벌'인 친구에게 펑펑 노는 모습을 보여준 뒤, 집에 가서 조용히 밤새워 공부하여 좋은 성적을 거두는 것 역시 금선탈각의 예일 것이다.

탈피는 일상의 낡은 습관이나 제도에서 벗어나거나 오랫동안 자기의 생각에 갇혀 있다가 과감하게 뛰쳐나올 때 쓰는 말이다. 사람들은 현실이 괴로울 때 '지금 이 순간을 탈피하고 싶다'라고 말한다. 매미가 보냈던 7년의 세월은 모르는 채 그저 매미가 껍질을 벗고 멋진 날개를 다는 그 환희의 순간만을 원한다.

진정한 탈피는 하기 싫고 괴로운 일만 면하는 것이 아니다. 먼저 자신이 걸치고 있는 껍데기에 어떤 문제가 있는지부터 알아야 한다. 문제를 알았다면 탈피를 위한 단련의 시간이 필요하다.

금약한선噤若寒蟬

아침저녁으로 찬바람이 느껴지면 억세게 울어 대던 매미 소리가 갑자기 사라진다. 소리가 서서히 줄어드는 게 아니라 갑자기 뚝 끊긴다. 매미는 조금만 한기를 느껴도 울지 못하고 몸을 부르르 떤다. 찬 기운과 함께 울 힘을 잃은 가을 매미를 '한선寒蟬'이라고 하는데 찬바람을 맞은 매미처럼 입을 다물고 말을 하지 않는 것을 말하는 금약한선噤若寒蟬은 여기에서 온 말이다. 후한(後漢, AD25~220)의 학자 두밀杜密은 강직한 학자로, 은퇴 후 고향에 머물며 바른 인재를 찾아 천거하고 악행을 저지르는 관리는 상소를 올려 처벌받게 하였다. 이에 불만을 품은 고을 태수 왕욱王昱이 이를 은근히 비난하자, 두밀이 좋은 일을 하는 사람에게나 나쁜 일을 하는 사람에게 추위에 떠는 매미처럼 입을 다무는 것은 나라에 큰 죄를 저지르는 것이라고 하여 생긴 성어이다.●

5, 60대 이상은 일제강점기와 6. 25전쟁을 겪은 세대로부터 '나서지 말아라, '괜히 나섰다가 화를 당한다'라는 말을 귀에 못이 박히도록 들었다. 나서서 잘못을 말하는 사람은 '정을 맞아야 하는 모난 돌'이 된다는 것이다. 가슴에서는 불이 일어나지만 화를 당하고 싶지 않아서 행동으로는 옮기지 않는다. 우리는 대부분 울지 않는 매미로 살아간다. 금약한선의 세상에서는 통치자나 정치인이 국민을 두려워하지 않는다.

● 《후한서(後漢書)》〈당고열전(黨錮列傳)〉에 실려 있다.

금약한선에 반대되는 사례를 하나 소개한다. 요즈음 주차난이 심하다 보니 주차금지 구역에 차를 세워 두어 다른 차량의 진입을 막는 일이 종종 발생한다. 우여곡절 끝에 차가 빠져나가고 나면 다시 누군가가 차를 대서 애를 먹이는 일이 반복된다.

언제부턴가 주차금지 구역에 주차하는 일이 크게 줄어들었다. 이것은 한 청년의 노력 덕분이었다. 이 청년은 주차금지 구역에 주차한 차를 목격하면 어김없이 신고하였다. 사진을 찍고 전화를 하였다.

"귀찮다고 내버려 두면 불이 났을 때 소방차가 어떻게 진입할 수 있을까요? 저도 바쁘지만 시간을 내서 신고하고 있습니다" 청년의 말이다. 시류와 대세에 따라 사는 것이 편할지는 몰라도 모두가 가는 길이 반드시 진실의 길은 아니다. '진실은 다수결로 결정되지 않는다 Truth is not determined by a majority'●라는 말도 그래서 나왔다.

익선관翼蟬冠

———

옛날 관리들이 쓰던 관모를 익선관翼蟬冠 혹은 翼善冠이라고 불렀다. 익선관 양옆에는 한 쌍의 매미 날개가 붙어 있다. 매미 날개를 관모에 붙이는 이유는 매미의 오덕五德을 잊지 말고 선정을 베풀라는 뜻

———

● 교황 베네딕토(Benedictus) 16세의 말

이 담겨있다.

'매미는 머리에 파인 줄이 선비의 갓끈과 비슷하니 지혜를 갖추었고, 이슬이나 나무의 수액을 먹고 사니 맑으며, 농부가 지은 곡식을 축내지 않는 염치가 있으며, 다른 곤충과 달리 집이 없으니 검소함이 있다. 여기에 때를 봐서 떠날 줄 아는 신의의 덕까지 가지고 있다'

이것을 '매미의 오덕五德'이라고 한다.

익선관으로 부르는 또 하나의 이유는 짧게는 7년, 길게는 17년을 땅속에서 살다 땅 밖으로 나와 길어야 3주를 살다가 죽는 매미처럼 긴 인고의 시간을 보내며 공부를 한 후 관리가 되는 꿈을 이루었지만 매미의 오덕에 반하는 어리석은 행동으로 자칫 수포로 돌아갈 수 있으니 처신을 잘하라는 일깨움을 주기 위해서다.

오래전에 있었던 이야기이다. 연수를 마치면 곧 높은 자리에 임명될 사람이 "내가 얼마나 높은 사람인 줄 모르냐"라며 택시 기사에게 호통을 치고 행패를 부리다 징계를 받은 일이 있다. 그런 사람들에게 따끔한 경각심을 주기 위해 일찍이 관리들에게 익선관을 씌웠던 것이다. 인간이 되기 전에 높은 사람이 되어서는 곤란하기 때문이다. 익선관을 통해 조심스러운 처신과 예의의 중요성을 일깨우고 있는 것이다.

인간과 인간을 묶어 주는 끈을 '사랑'이나 '정情'으로 보는 견해도 있지만 기본은 예의이다. 예의가 어긋나면 인간관계는 쉽게 상한다. 가까우면 가까운 대로 멀면 먼 대로 지켜야 할 예의가 있다. 오늘날 익선관은 관리들만 써야 할 모자는 아닐 것이다. 누구나 늘 마음속의 익선관翼蟬冠을 쓸 때 예의 있는 삶을 살 수 있다. 예의와 겸손은 누구에게나 '생존의 키'가 된다.

단單

1976년 중국 산동성山東省 박흥博兴에서 출토된 동위(東魏 AD 534~550)시대의 석불 보살상은 인도 불상에 없는 매미 모양이 새겨진 관을 쓰고 있다. 이 보살상에 있는 매미가 전하는 메시지는 무엇일까?

매미蟬를 통해 선禪의 메시지를 전하려는 것이다. 원래 선禪이라는 말에는 오로지 한 가지單만 보여주어라示'라는 의미가 담겨 있는 것이다. 지금처럼 다양하지만 산만한 시대를 사는 우리에게 요구되는 덕목이 바로 단單이다.

아침에 눈을 뜨면 각종 디지털 기기와 그 속에서 맺은 인연들이 보내는 알림과 문자가 가득하다. 모처럼 낮잠을 자고 난 뒤에도 쌓인 문자에 응답하느라 시간을 보낸다.

사람을 직접 대면하지 않으면 삶이 단순해질 줄 알았는데 더욱 복잡해졌다. 복잡해지니 핵심이 무엇인지 알 수 없고 일 같지도 않은 일에 시간을 허비한다.

지인은 늘어났지만 마음은 오히려 공허해지고, 내가 하는 일은 어디로 흘러가고 있는지 갈피조차 잡기 어렵다.

공부를 하려고 책상 앞에 앉아보지만 내 글에 '좋아요'를 눌렀는지 누가 댓글을 달았는지 좀이 쑤셔서 공부에 집중할 수가 없다. 남녀가 데이트할 때도 상대방에게 집중하지 않고 핸드폰 조작만 하고 있다. 왜 만나는지도 알 수 없다. 남녀 모두 다른 이성과 연락을 주고받는 것처럼 보일 지경이다.

집중하기 위해서는 단순해져야 한다. 단순해져야 본질에 다가갈 수 있고 핵심을 짚어낼 수 있다. 본질과 핵심을 보아야 해야 할 일의 우선순위도 정할 수 있다. 과수원 주인이 좋은 열매를 얻기 위하여 가지치기를 하듯 우리도 가지치기를 해서 단순해져야 한다.

어느 날 공자의 제자 자공子貢이 공자에게 물었다 "스승님은 어떻게 매일 새로운 것을 배우시고 다 기억하십니까?" 공자는 "나는 다 기억하는 게 아니라 단지 하나의 이치로 모든 사물을 꿰뚫어 볼 뿐이다"라고 말했다. 이 말이 곧 공자가 '세상의 모든 이치를 하나로 본다'는 일이관지一以貫之 철학이다.

세상을 하나의 원리로 볼 때 다양한 현상을 이해하고 설명할 수 있다. 단순해져야 세상을 하나의 이치로 볼 수 있게 된다. '다중일 일

중다多中──中多'이다. 세상의 복잡하게 엉킨 일도 알고 보면 하나의 원리로 연결되고, 하나의 원리 속에는 수많은 현상이 존재하므로 하나를 제대로 보면 된다.

이름에 '한 가지'를 의미하는 '단單' 자가 들어 있는 매미蟬는 삶 전체로 단순함을 보여준다. 살아가는 영역도 큰 이변이 없는 한 태어난 나무 주변이다. 수컷 매미는 암컷 매미와 짝짓기를 하고 나면 바로 죽는다. 암컷 매미도 나무껍질 안에 알을 낳고 죽는다. 자신들의 임무를 모두 마쳤기 때문이다. 이들이 남긴 알들은 추위에 얼어 죽지 않으면 부화하여 땅속으로 들어가 나무뿌리 즙을 먹고 살아간다. 자신이 태어난 나무들이다. 그리고 잠깐이지만 땅 위로 올라와 울어보겠다는 단순한 일념으로 목숨을 걸고 나무로 올라간다. 매미가 우화羽化하는 나무 역시 자신이 태어난 나무다. 수많은 시간을 땅속에서 보내고 우화의 과정까지 마친 매미에게는 마침내 실컷 울어볼 기회가 온다.

사람도 세상에 나왔으면 비록 짧더라도 마음껏 울어보고 싶은 한 가지 일념이 있을 것이다. 짧게 머물다 가는 것이 인생이다. 모든 세상사에 관여하기에는 시간이 너무 부족하다. 단순하게 하나에 집중할 때 무엇을 건져도 건진다.

03

꿀과 침의 꿀벌蜜蜂 밀봉

늘 양봉을 하고 싶다고 말하던 봉수는 저수지가 내려다 보이는 땅에 황토집을 짓고 혼자 내려갔다. 봉수는 양봉업 교육과정도 수료하고 벌이 좋아하는 싸리, 치자, 해당화 같은 다년생 꽃을 미리 심어 두는 등 양봉을 위한 만반의 준비를 하였다. 귀농 후 자리를 잡은 봉수로부터 하룻밤 묵고 가라는 연락이 왔다.

봉수가 담근 송화주를 마시며 잠자리에게 깨진 철철이 이야기며, 바바리코트를 입고 스카프를 두른 과학 선생님 등… 이러저런 대화를 하다가 봉수가 돌연 질문 하나를 던진다.

"너 내가 양봉을 왜 하는지 모르지?"

봉수의 갑작스러운 물음에 "네 이름이 봉수니까… '벌을 받아들인다' 이 말 아니겠어?"라고 아재 개그를 했다.

뭔가 말을 하는 줄 알았는데 취기가 오른 봉수는 갑자기 시 한 수를 낭송한다. 들어보니 영국 시인 예이츠Yeats의 '이니스프리의 호도 The Lake Isle of Innisfree'이다.

"나 이제 일어나서 가리라. 내 고향 이니스프리로~
거기 나뭇가지 엮어 진흙 바른 작은 집 짓고
아홉 이랑 콩밭이랑 꿀벌통도 하나 가지리
벌떼 윙~윙~거리는 숲속에서 홀로 살리라
그러면 여기 평화가 깃들리니 평화는 천천히~"

추억을 더듬는 듯 지긋이 눈을 감고 시를 낭송하는 봉수를 보니 '노래는 역시 뽕짝이 제일'이라는 봉수의 예전 모습이 아니었다.

방과 후 집안 농사일을 도와야 했던 봉수와 자주 어울릴 수는 없었지만 등굣길에 자주 만나다 보니 친하게 되었다. 봉수는 나에게 토끼를 선물하기도 하고 개구리 잡는 법을 가르쳐 주기도 하였다.

어느 날 토끼풀을 가지고 우리 집에 놀러 왔다가 LP 레코드판에서 나오는 시 낭송을 듣게 되었단다. 영시집 해석을 보고 목가적인 삶의 기쁨을 노래한 시라는 것을 알고 시 제목을 마음속에 새겨 두었다고 한다.

청계천에서 공구상 직원으로 일하던 어느 날, 그 시가 문득 떠올라 종로에 나가 영시집을 사고 그날부터 그 시를 기도문을 외우듯 고단할 때마다 낭송했다고 한다. 물가에 작은 흙집을 짓고 몇 개의 벌통과 콩이 자라는 텃밭의 주인이 되는 장면을 꿈꾸며 고단함을 이겨냈다. 이제 봉수는 청계천의 기계 가는 소리 대신 벌이 윙윙거리는 소리를 듣는다.

석양이 된 태양은 저수지에 한바탕 눈부신 붉은빛을 펼치더니 조용히 모습을 감춘다. 창공 저 멀리 별들이 하나둘씩 모습을 보인다. 하늘의 별과 함께 사방에 적막이 내려앉는다.

Beekeeping

———

다음 날 아침 꿀물 한 대접을 마신 후 봉수를 따라 양봉 과정을 보게 되었다. 양봉은 생각했던 것보다 잔손이 많이 가고 품도 제법 드는 일이었다. 단순히 소일과 용돈 벌이로 볼 일만은 아니었다. 꿀벌이 꿀을 만드는 과정도 봉수로부터 자세히 들었다.

예민한 벌을 기르는 양봉의 고생은 꿀을 따는 채밀의 기쁨으로 보상을 받는다. 드물게는 야생벌로부터도 채밀을 한다. 야생벌의 채밀은 양봉의 정성과 노력이 생략된 만큼 상대적으로 위험도가 높다.

야생벌의 꿀은 나무에 있는 벌집에서 나오는 목청木淸, 돌 사이의 벌집에 있는 석청石淸, 그리고 땅속의 벌집에서 채취되는 토청土淸이 있다. 그중 석청을 고급으로 치는데 네팔의 절벽에서 채취하는 '히 말라야 석청'이 유명하다. 석청은 먼저 연기를 피워 벌을 쫓고, 벌에 쏘이지 않도록 망으로 얼굴을 가린 다음 사다리를 타고 올라가 채취하게 된다. 자연산 채밀 중 석청 채취는 고난도의 '극한작업'에 속한다.

꿀벌은 꽃과 꽃 사이를 누비며 꽃 속의 단물을 물어다 모은다. 모아 둔 단물을 다시 삼키고 뱉으며 배 속에서 분비된 효소를 혼합하면, 단물 속의 자당이 과당과 포도당으로 분해되고 벌의 타액 속의 다양한 효소까지 혼합되면 꿀이 된다.

양봉은 벌통을 살피고 신경을 쓴 대가로 제법 쏠쏠한 수입을 거두기도 하여 '꿀테크'라고 부르기도 하지만 양봉은 초보자에게는 그리 쉬운 일은 아니다. 귀농인 중에 양봉을 선택하는 사람들이 많지만 벌통을 잘못 다루거나 벌이 병으로 죽으면 수입은 '제로'다.

양봉은 벌통에 늘 신경을 써야 하는 탓에 영어로는 'Beekeeping'이라고 한다. 부지런한 벌을 상대하는 인간 역시 부지런해야 한다. 만만치 않은 농사일이다.

리더십

___

벌은 꿀을 생산한다는 점에서 군집 생활을 하는 다른 곤충들보다 격이 높게 느껴진다. 벌은 잘록한 목과 가는 허리, 삼등분된 몸으로 분주히 날갯짓하여 공중까지를 활동공간으로 한다.

벌을 의미하는 봉蜂 자는 벌레 '충虫' 변에 봉우리를 의미하는 '봉夆'을 쓰는 표의문자이다. '벌레 중 최고'라는 뜻으로 해석된다.

벌은 개미와 달리 주로 공중에 집을 짓는다. 육각형의 블록을 끼워 맞춘 듯한 아파트를 짓고 산다.

일찍이 곡선과 원을 연구한 고대 그리스의 수학자 파포스Pappos● 는 벌집이 육각형이기 때문에 구조가 안정적이고 꿀을 담는 데 공간적 손실이 적다고 보았다. 파포스는 연속적으로 평면에 빈틈없이 그릴 수 있는 도형은 정삼각형, 정사각형, 정육각형뿐이라고 하였다. 눈과 얼음의 결정도 자세히 보면 육각형으로 되어 있다. 같은 물이라도 분자의 고리구조가 육각형인 육각수가 최고라는 주장도 있다. 연필도 정육각형일 때 잡기도 좋고 놓기도 좋다.

군집 생활을 하는 벌들의 모습을 꿀벌을 통해 좀 더 자세히 보자. 꿀벌은 세 종류의 벌들이 하나의 군집 시스템을 이룬다. 무리 중에 여왕벌은 단 한 마리가 존재한다. 여왕벌이 만들어지는 과정은 생식이 불가능한 암컷인 일벌이 알에서 부화한 유충들에게 일벌의 머리에서 분비되는 로열젤리를 먹여 가장 튼튼한 한 마리를 여왕벌로 등

● 파포스(Pappos): BC 3세기경의 그리스 수학자이자 기하학자로 구체적 생몰연대는 미상이다. 그의 저서 '수학집성 8권'은 근세 수학자들에게 큰 영향을 끼쳤다. 파포스는 삼각형의 각 변 간의 관계를 설명한 '삼각형의 중선 정리'를 남겼다.

극시킨다. 나머지 유충들은 더 이상 로열젤리를 먹지 못하고 일반 꿀과 화분을 먹다 도태된다.

여왕벌은 군집 내에서 생식이 가능한 유일한 암컷으로 오로지 알을 낳는 역할만 한다. 여왕벌은 하루 2,000개까지, 평생 200만 개 정도의 알을 낳는다.

처음에는 일벌이나 여왕벌은 모두 암컷으로 유전적 차이는 없지만 로열젤리를 먹으면 여왕벌이 된다. 유충 때부터 로열젤리를 먹고 성장한 여왕벌은 보통 4년까지도 산다. 건강식품으로도 애용되는 로열젤리는 여왕벌의 식사답게 고가에 판매되지만 사실 맛은 시큼할 뿐이다.

일벌은 생식이 불가능한 암컷으로 집을 짓는 일과 군집의 영양 공급을 맡는다. 일벌은 보통 1만 마리가 넘기도 하는데 일반 꿀을 먹고 한 달 정도 산다. 무리 중에 '드론Drone'으로 불리는 수벌은 수백 마리로 생식을 담당한다. 이들의 수명은 150일 정도지만 명대로 다 살지는 못한다. 여왕벌과 교미가 끝나면 쫓겨난 후 굶어 죽기 때문이다.

우리에게 친숙하게 들리지만 두렵게도 들리는 여왕벌, 그 리더십은 어디서 나오는 것일까? 여왕벌은 사실 리더십을 발휘하지 않는다. 벌과 벌집에 지시하지도 않는다. 자신의 존재를 페로몬이라는 물질을 통해 알릴 뿐이다. 여왕벌은 페로몬●으로 자신의 체취를 맡게 할 뿐이다. 수준 높은 리더십이다.

진정한 리더십은 인간사회에서 흔히 보이는 학연, 지연, 혈연에 의한 응집력과는 차원이 다르다. 그런 응집력은 배타적 이해관계를 도모하기 위한 '인위적' 결탁일 뿐이다.

리더가 집단을 체취로 묶고 다스리는 방식은 포유류인 낙타 무리에서도 발견된다. 아라비아 사막의 낙타는 200마리가 무리를 이루기도 한다. 무리가 이동하다가 다른 낙타 무리와 조우하는 경우 서로 섞일 때도 있지만 나중에 자신의 무리를 찾지 못하고 다른 무리를 따라가는 낙타는 한 마리도 없다. 모든 낙타는 리더 낙타의 체취에 따라 이동하기 때문이다.

인간사회에서도 지도자다운 지도자에게는 고매한 인품에 어울리는 체취가 있다. 모두 그 체취를 따르고 흠모한다.

'Moral power is probably best when it is not used. The less you use it, the more you have.'
'도덕적 힘은 사용되지 않을 때 최고의 힘을 발휘한다. 덜 사용할수록 그 힘은 더 강력해진다'

무심코 펼친 책에 나온 말이다.

● 페로몬(pheromone): Definition by BRITANNICA참고
같은 종의 동물끼리 의사소통에 필요한 화학 신호를 말한다. 체외 분비성 물질이며, 경보 페로몬, 음식 운반 페로몬, 성적 페로몬 등 행동과 생리를 조절하는 여러 종류의 페로몬이 존재한다. 꿀벌 같은 곤충의 내분비샘에서 주로 검출된다.

앙스트블뤼테

　인간이 벌에서 꿀을 얻는 모습은 BC 7천 년 전 스페인 발렌시아 지방의 동굴 벽화에서 볼 수 있다. 벌은 꿀 이외에도 밀랍이나 로열젤리, 프로폴리스, 봉독까지 인간의 삶에 유익한 산물을 생산한다. 꿀에는 항균 성분이 있어 피라미드에서 발굴된 꿀은 바로 먹을 수 있을 정도로 안전했다고 한다. 요즘 스프레이 형태로 구강에 뿌리거나 캡슐 형태로 먹는 프로폴리스에는 봉독에 있는 항균, 항바이러스 성분이 풍부하여 목과 구강의 염증 치료와 감기 예방 같은 면역 증강제로 인기가 높다.

　뉴질랜드의 '마누카Manuka'라는 나무의 꽃에서 생산되는 '마누카꿀'은 항균 항염 작용이 알려지면서 수요가 늘고 값이 올라 '액체로 된 금Liquid Gold'이라고 불린다. 사실 지구상 동물 중 70%, 130만 종이나 되는 곤충의 생존력은 항균·항염 성분에 있다고 볼 수 있다.

　특히, 유럽과 중국에서 많이 찾는 마누카꿀을 생산하는 뉴질랜드산 여왕벌이 유럽으로 수출되기도 한다. 이 여왕벌들이 유럽으로 갈 때는 20시간의 긴 비행을 하게 된다. 여왕벌과 화물기를 같이 타는 승객들은 사슴 고기, 바닷가재 그리고 살아 있는 뱀장어들이다. 때로는 화물기가 뉴질랜드 오클랜드 공항에서 프랑크푸르트 공항으로 바로 연결되지 못하는 경우 드물게 인천공항을 경유하기도 한다. 이 경우 오클랜드에서 연결 공항인 인천공항까지 12시간, 인천

공항에서 3시간 정도 급유를 한 후, 프랑크푸르트 공항까지 다시 12시간의 비행을 하게 된다.

여왕벌의 성공적인 운송은 비행시간의 엄수에 달려 있다. 자칫 잘못하여 30시간을 넘겨 프랑크푸르트 공항에 도착하면 예민한 여왕벌들은 멀미를 견디지 못하고 죽고 만다. 여왕벌이 무사히 유럽에 도착하면 뉴질랜드의 양봉업자 데니스는 고소득을 올리지만 실패하면 아무것도 건지지 못한다.

벌들은 기온이 섭씨 26도가 될 때 꿀을 만들기 위해 가장 활발히 움직인다. 기온이 섭씨 26도를 넘으면 꽃이 더 많아지고 꿀도 더 채취하게 될 것 같지만 항상 여름인 아프리카에는 꿀이 거의 없다.

반면, 시베리아는 여름이 짧아 꽃도 적고 개화기간도 길지 않은데 채밀된 꿀의 향미는 다른 곳의 꿀보다 뛰어나다. 왜 그럴까? 시베리아 벌판은 일 년 중 10개월이 눈에 싸여 있어 개화기간이 짧다. 들판의 꽃들은 불꽃처럼 피어난다. 꽃의 빛깔은 벌을 유혹하기 위해 생생한 원색으로 향기 역시 진하다. 꿀을 따는 벌 역시 사력을 다한다. 아열대의 벌은 언제나 꿀을 따먹을 수 있어 힘들게 꿀을 모으지 않는데 비해, 시베리아 벌은 긴 겨울 동안 굶어 죽지 않으려고 필사적으로 발버둥을 친다. 목숨을 걸고 만드는 꿀이 밀도가 높고 향이 진한 것은 어쩌면 당연할지도 모른다.●

● 송종찬, 《시베리아를 건너는 밤》, p282-283

처절한 환경에서 짧은 기간 유난히 아름다운 꽃을 피우는 것을 가리켜 '앙스트블뤼테Angstblüte'라고 한다. 독일어로 불안, 두려움을 의미하는 '앙스트Angst'와 개화開花를 의미하는 '블뤼테Blüte'를 결합한 말로 '불안 속에 피는 꽃'이라는 의미다. 식물은 자신이 처한 환경이 열악해지면 유독 아름답고 향기로운 꽃을 피워 멋진 씨앗을 맺으려고 한다. 동양의《주역周易》에서도 '궁하면 변하게 된다'라는 의미의 '궁즉변窮卽變'을 소개하고 있다.

우리의 인생도 대부분 결핍으로 이루어져 있다. 이게 좀 괜찮으면 저게 부족하고 늘 그런 식이다. 학교 다닐 때 국어시험을 좀 잘 본 것 같으면 자신 있었던 수학을 망치고, 배우자를 고를 때도 인성이 좋으면 활동력이 떨어지고, 추진력은 있는데 마무리를 못 하는 동료가 있는 것처럼 아무튼 늘 뭔가 부족한 것이 인생이다. 모든 것을 다 채우고 살 수는 없다. 결핍에 대하여 분노도 하고 저항도 하지만 결핍이야말로 창의력을 키워주는 원동력이다. 세상의 아이디어는 결핍에서 나왔다는 것을 기억하자. 나의 '부족'과 '결핍'이 다른 사람을 끌 수 있는 매력이 된다는 사실도 알아 두면 삶이 덜 고달프다.

완벽하면 숨이 막힌다!

봉기蜂起

꿀벌이 벌꿀 1g을 얻으려면 8천 송이의 꽃을 찾아다녀야 한다는 말이 있다. 벌들이 한 줌의 꿀이라도 만들기 위해서는 수십 km의 길, 수십만 송이의 꽃을 찾아 나서야 한다. 여간 고단한 일이 아닐 수 없다.

이렇게 힘들게 만든 꿀을 지켜야 하는 벌들에게는 그들만의 무기인 침이 있다. 꿀을 딸 때 자칫 잘못하여 벌집을 건드리면 야단이 난다. 벌들이 모두 일어나 침을 쏘아대는데 가히 필사적이다. 그들은 항상 떼로 몰려온다. 옛사람들은 이것을 봉기蜂起라고 하였다. 봉기는 한국어, 중국어, 일본어 모두 공통으로 사용하는 단어이다.

벌들은 고생해서 얻은 꿀을 침으로 지켜낸다. 침은 여왕벌과 일벌에게 있고 수벌에게는 침이 없다. 여왕벌은 침을 여왕벌끼리 자리다툼을 할 때만 사용한다. 다른 동물이나 일벌, 수벌에게는 쏘지 않는다. 한편, 일벌이 침을 쏠 때는 목숨을 걸고 쏜다. 일벌은 평생 단 한 번 밖에 침을 쏘지 못한다. 일벌이 침을 쏠 때는 침과 내장이 함께 빠져나오기 때문이다.

벌이 꿀 때문에 봉기를 일으키듯 인간도 주로 밥 때문에 봉기를 일으켰다. 오늘의 희생으로 미래를 만든다는 신념도 밥이 담보되었을 때 의미가 있다.

자유와 정의를 얻었는데 계속해서 배가 고프다면 무슨 의미가 있겠는가?

04

'환골탈태'의 나비 蝴蝶 호엽

봄이 되면 프랑스 중부지방의 농촌은 진노란색으로 변한다. 드넓은 평야에 펼쳐지는 유채꽃 때문이다. 여기서 나오는 유채씨로 짠 기름으로 감자도 튀기고 오메가-3가 많다고 알려진 카놀라Canola 유도 짠다.

파리 남부역에서 스위스로 가는 기차를 타고 갈 때마다 네 시간의 여정 중 두 시간 가까이 창밖에 펼쳐지는 유채꽃의 진노랑 향연은 '언젠가 한 번은 저 노랑 속으로 들어가 사방에 펼쳐지는 지평선을 보아야겠다'는 마음을 먹게 하였다.

버킷리스트 항목이 된 것이다.

1999년 봄, 파리 스위스 간 기차를 타게 되었다. 두 번째 밀레니엄의 마지막 해, 봄이 선사하는 유채꽃의 진노랑 향연은 예년과는 견줄 수 없이 화려했다. '해바라기를 그린 고흐도 이 유채밭을 보았더라면 '유채밭'이라는 명작을 하나 더 남겼을 것이다'라는 생각이 들 때, 지금 이 순간이 아니면 노랑 속으로 빠질 수 없을 것 같아 서류 가방을 챙겨 들고 중간역인 마콩Macon에서 내리게 되었다.

저 유채밭의 유채꽃이 환상인지 실물인지 가서 만져보고 싶었다. 생각보다는 기차역에서 먼 거리에 유채밭이 있었다. 가까이 가서 본 유채밭은 노랑, 초록의 수채물감을 칠 한 듯한 대비를 이루고 있었다. 따뜻한 햇볕이 내리쬐는 유채밭에는 침묵이 흐르고 셀 수 없는 나비들이 꽃들 사이에서 눈길이 따라가기 어렵게 춤을 추고 있었다. 어린 시절, 텃밭에 핀 배추꽃에 날아든 수많은 나비의 춤이 어지러워 땅바닥에 주저앉았던 나는 이국의 유채밭에서 한 마리 나비가 되어 버렸다.

파리에서 1,000km 떨어진 독일의 베를린에서 폴란드의 포즈난Poznan 지방까지 가는 기차 여행에서도 비슷한 경험을 하였다.

세 시간 가까이 창밖에 펼쳐지는 평야의 양배추밭에도 나비는 부지런히 수분을 도와 통통한 양배추를 생산하게 한다. 이 양배추는 독일인들이 늘 먹는 게르만식 전통 발효 김치인 자워크라우트Sauerkraut의 재료가 된다. 나비는 꽃 사이를 누비며 수분을 하여 라틴과 게르만인들의 식생활에 기여를 하고 있는 것이다.

나비가 나와야 봄인지, 봄이 되어야 나비가 나오는지는 모르겠지만, 나비 없는 봄은 그저 달력상의 봄일 뿐이다.

수태낭

나비는 뚜렷한 대칭의 몸과 아름다운 무늬의 날개로 사뿐사뿐 가볍게 난다. 나비를 의미하는 접蝶 자의 모습이 잎사귀를 의미하는 엽葉 자와 비슷하게 보이는 점 역시 나비의 가볍고 날씬함을 연상하게 한다.

나비가 날기 위해서는 종류에 따라 차이는 있지만, 나비의 체온이 섭씨 30도가 되어야 한다. 나비는 배에 태양광을 최대한 많이 쪼여 그 복사열로 체온을 높인다. 반대로 나비가 그늘에 있으면 체온을 낮추고 있는 중이다. 나비의 날개 역시 체온 조절과 관계가 있다. 날개는 집열판 역할을 하는데 검은색 날개가 흡수율이 가장 높다. 전기를 생산하는 태양광의 집열판이 검은색인 것과 같은 원리다.

나비의 날개가 아름다운 이유는 날개에 있는 인편鱗片이라는 비늘 가루 때문이다. 가루 자체는 무색이지만 여러 층을 이루고 있는 가루의 일부는 빛을 반사하고 나머지는 빛을 흡수하거나 산란시키면서 색깔을 띠게 되는 것이다.

나비를 만지고 나서 눈을 비비면 날개 가루가 눈에 들어가 눈이 먼다는 속설을 들은 터라 나비는 보는 대상이지 만지는 대상은 아니었다. 사실 이 가루는 나비의 날개가 비에 젖지 않게 하는 역할을 할 뿐 인체에는 무해하다.

　나비의 날개는 네 장이지만 앞날개 두 장만으로도 나는 데는 지장이 없다. 나머지 두 장으로는 지그재그 패턴의 비행을 하여 천적들을 헷갈리게 한다.

　나비의 수컷은 암컷과 짝짓기를 끝내자마자 수태낭受胎囊이라는 주머니로 암컷의 생식기를 플러그 끼우듯 틀어막아 놓는다. 다른 수컷과 짝짓기를 못 하게 하기 위해서다. 암컷은 이때부터 노르스름한 수태낭을 숙명으로 알고 달고 다닌다. 수태낭이 정조대가 되는 셈이다. 즉, 수태낭이 없는 암컷은 처녀인 셈이다. 수컷은 독점적 사랑을 짧게 마친 며칠 후 속절없는 생을 마감하고 만다.

　이후 암컷은 죽은 수컷이 채워준 수태낭을 달고 알 낳을 곳을 찾아 나선다. 보통 풀 잎사귀의 뒷면에 알을 낳는다. 알에서 깨어난 유충들은 풀 잎사귀를 먹은 후 나뭇잎 속에서 번데기가 된다. 그 상태로 아무것도 먹지 않고 한 자세로 일 년 중 열 달 이상을 견디고 나면 가볍고 날씬한 나비로 환골탈태換骨奪胎를 하게 된다. 봄이 비워진 나비는 잘 날 수도 잘 날릴 수도 있게 된다.

　뚱뚱한 쇠똥구리 아저씨나 동그란 배를 가진 거미 아줌마는 나비의 날씬한 몸을 그저 부러워할 뿐, 나비가 보낸 긴 인고의 시간을 짐작하기는 어려울 것이다.

나비의 메타포Metaphor

———

얼마 전 중국 역사극 '사마의'에서 사형수가 된 양수楊修가 형틀에서 이승을 하직하는 장면을 한 마리의 나비가 날아왔다 가는 모습으로 연출한 것을 보았다. 나비의 출현으로 혼이 이승을 떠나는 것을 예고한 것이다.

불교 전통의식에 나비춤이 있다. 하얀 장삼을 펼치며 춤을 추는 모습이 나비를 연상시킨다. 고깔을 쓴 승려가 양손에 꽃을 들고 긴 소매의 장삼을 걸치듯 입고 추는 춤이다. 속세와 이승의 번민에서 벗어난 가벼움이 느껴진다.

고전이 된 프랑스 영화 '빠삐용Papillon'도 '나비'라는 뜻이다. 가슴에 나비 문신이 있는 주인공은 무고한 죄를 뒤집어쓰고 단 한마디의 항변도 못 한 채 지옥 같은 감옥 생활에 시달린다. 여러 번의 탈옥을 시도하다 실패하지만 결국 탈옥에 성공한다. 주인공의 나비 문신은 자유와 희망을 암시했던 것이다.

제2차 세계대전이 끝난 후 나치 유대인 소년 수용소에서 발견된 나무 침대에 새겨진 상징물 역시 나비였다.

어리고 여린 시절 일제日帝로부터 이루 말할 수 없는 심신의 고통을 당하신 우리의 할머니들께도 나비를 드린다. 자유와 해탈의 나비다.

　나비는 자유, 경쾌, 즐거움과 행복을 상징한다. 세계 권투 헤비급 챔피언이었던 무하마드 알리는 경쾌한 몸놀림과 펀치로 '나비처럼 날아 벌처럼 쏜다'는 표현을 만들게 하였다. 영어권 사람들은 나비로부터 '경쾌함'과 '설렘'의 메시지를 받는다. 한국의 전통 장롱인 나비장의 놋쇠 나비장식은 집안의 부와 행복을 기원하는 상징이다.

　나비가 주는 최고의 드라마는 긴 번데기 상태에서 한 장의 아름다운 나비로 변하는 환골탈태換骨奪胎의 순간일 것이다.

　신사임당의 초충도 병풍의 두 번째 폭에 나오는 나비는 아들 율곡이 환골탈태換骨奪胎하여 높은 벼슬에 오르기를 바라는 소망이 담겨 있다.

　매미, 잠자리, 메뚜기 같은 곤충이 알에서 깨어나고, 껍질을 벗어나는 어떤 모습도 나비처럼 극적으로 아름답지는 않다. 속 썩이는 자녀가 '언제 사람이 될까?'라고 근심하며 잔소리를 퍼붓는 대신 자녀의 방에 아름다운 나비 그림을 걸어 주면 어떨까?

기미機微

―――

세상은 눈에 보이는 것들과 보이지 않는 것들로 이루어져 있다. 또 이유를 알 수 있는 것도 있지만, 이유를 쉽게 알 수 없는 것들도 많다. 예를 들어, 나는 B커피숍에서 그녀를 만났다. B커피숍에 가지 않았더라면 그녀를 만나지 못했을 것이다. 그녀는 평소 주로 S커피숍을 가지만 그날은 S커피숍이 임시휴무여서 불가피하게 B커피숍에 갔던 것이다. 거기서 나는 그녀를 만나 나중에 결혼까지 하게 된다. 내가 B커피숍에 간 것은 그녀를 만나게 된 인因이 된다.

그럼 S커피숍은 왜 임시휴무였나? 종업원들이 전날 밤 회식을 했는데 전염성 장염에 걸려 아무도 출근할 수 없었다. 주인은 할 수 없이 휴무를 하기로 하였다. 그녀가 B커피숍에 가게 된 것은 연緣이다. 연은 실처럼 가늘어 보이지 않는다. 동양에서는 보이는 이유因와 보이지 않는 이유緣를 묶어 인연因緣이라고 한다. 이처럼 보이지 않는 이유가 뜻밖의 결과를 낳는 경우도 있다.

쉽게 이해되지 않는 현대 물리학의 '카오스 이론'도 나비로 설명한다. 나비효과Butterfly Effect가 그것이다.● 작은 사실 하나로도 전체를 파악할 수 있다. 하나의 작은 사실을 보고 이후의 모든 현상을 파악하는 것을 '기미관조機微觀照'라고 한다. 한국어에도 '기미機微를 본

● 미국의 기상학자 에드워드 노튼 로렌츠Edward Norton Lorenz가 1961년 '브라질에 있는 나비의 날갯짓이 미국 텍사스주에 돌풍을 일으킬 수 있는가?'라고 질문을 던진 적이 있다.

다'라는 표현이 있다.●

영어에도 '예언적 지혜Prophetic Wisdom'라는 표현이 있다. 지식은 지혜를 위해서, 지혜는 미래를 예견하는 데 기여할 수 있어야 한다.

중국 전한前漢의 재상 병길丙吉이 민정을 시찰하던 중 시장통에서 패싸움을 하다 죽은 시체를 보았는데 그냥 지나쳤다. 그러다 시장 외진 곳에 묶어 둔 소가 거칠게 숨을 쉬는 것을 보더니 길을 멈추고 소의 상태를 찬찬히 살펴보았다. "소가 사람보다 중하단 말인가?"라는 힐난에 병길은 "시장통 패싸움은 지방관이 처리할 사항이지만, 소에게 이상이 있다면 그것은 한 해 농사와 관계된 일이니 당연히 정승이 살펴야 할 몫이오"라고 답하였다.●●

병길은 요즘 식으로 표현하면 지지도의 등락 따위에 신경을 쓰는 포퓰리스트가 아니었던 것이다. 명재상이 된 병길에게는 '세상을 보는 눈'이 있었고, 병길의 임명권자에게는 '사람을 보는 눈'이 있었던 것이다. 비즈니스에 성공하려 해도 이 두 가지 눈은 꼭 있어야 한다.

● 발음은 같지만 구별할 표현이 하나 더 있다. '기미(氣味)를 본다'인데 의미는 그때 그때의 분위기를 파악한다는 뜻이다.
●● 《한서(漢書)》 권74 〈위상병길전(魏相丙吉傳)〉

비래비거 飛來飛去

장자는 나비로 '물아일체物我一體'를 이야기했다. 어느 날 장자는 제자들을 모아 놓고 말한다.

"내가 지난 밤 꿈에 나비가 되었다. 날개를 팔락이며 꽃과 꽃 사이를 즐겁게 날았다. 너무 기분이 좋아 내가 나인지도 몰랐다. 꿈에서 깨자 나는 나비가 아니고 내가 아닌가? 지금의 나는 진정한 나인가? 아니면 나비가 꿈에서 내가 된 것인가? 나비가 내가 되어 꿈을 꾼 것인가? 그때는 즐거워 내가 장주莊周, 장자의 본명라는 것을 완전히 잊었다"●

그의 말에서 무경계無經界가 느껴진다.

장자의 아내가 죽었을 때 사람들이 슬퍼하며 우는데, 장자 자신은 춤을 추고 노래를 하였다. 사람들이 장자를 비웃고 꾸짖자 장자는 태어나기 전에 물이었던 아내가 지금은 나비가 되어 훨훨 날아갔다고 말한다. 장자가 바라본 세계는 죽음도 없고, 가고 옴도 없는 하나의 세상일 뿐이다.

요양원에 계신 친구의 아버지를 뵈러 갔다. 아내를 먼저 보낸 쇠잔한 노인의 모습에서 애잔함이 느껴진다. 옆 침대에 누워 있던 어르신에게도 인사를 하고 "지금 무엇을 하시고 싶으세요?"라고 물었

● 출전: 장자(莊子)의 제물론(齊物論)에 나오는 호접지몽(胡蝶之夢)의 우화

다. 내심 TV를 보시고 싶은지를 묻는 말이었다. 예상 밖에 어르신은 힘없는 목소리로 "나비처럼 이 세상을 한번 훨훨 날아보고 싶어"라고 읊조리듯 말씀하신다. 어르신을 돌보시는 분에 따르면 어르신은 TV 여행 프로그램을 보시고는 기력이 허용되는 날에는 세계일주를 하고 싶다고 말씀하신단다.

사람들은 지금이 가장 아름다운 나비 시절임을 망각한다. 영원히 살 듯 소중한 순간을 선악善惡, 시비是非, 좌左와 우右를 끊임없이 따지고 산다. 시간이 지나면서 희미해지다 없어질 길흉吉凶, 화복禍福, 빈부貧富, 미추美醜도 지나치게 의식하면서 산다.

한국인들이 나비가 '팔락팔락' 난다고 할 때 중국인들은 나비가 '비래비거飛來飛去'한다고 말한다. 나비는 팔락팔락 날아왔다가 팔락팔락 날아서 간다.

사람도 어디선가 왔다 어디론가 갈 뿐이다.

꼭 짜인 일주일 동안 타인이 만든 신념체계와 제도 속에서 일하다가 허무함이 엄습할 때는 노란 밭 파란 하늘을 자유롭게 날아다니는 하얀 나비를 보는 나만의 '제 8요일'을 가져보시라!

05

가을 귀를 여는 귀뚜라미蟋蟀 실솔

  늦더위가 한풀 꺾이고 매미 소리마저 잦아질 무렵 선선한 초저녁 바람에 풀벌레들의 노래가 실린다. 그러다 시간이 조금 지나면 '귀뚤귀뚤~ 귀뜨르르~' 또랑또랑 울려 퍼지는 노래가 들려온다. 풀벌레의 노래보다 한결 곱고 청아한 귀뚜라미 노래 소리다.

  잘생긴 귀뚜라미는 다른 풀벌레들과 섞여 노래하는 것이 내키지 않아 자기들끼리 대화로 노래를 한다. '노래하는 것처럼 노래하면 노래가 되지 않고 노래하지 않는 것처럼 노래해야 노래가 된다' 라는 이탈리아 성악 경구●가 생각난다.

● Se tu canti non canti se tu non canti canti. 이탈리아 밀라노의 La Scala극장에 쓰인 경구로 자기의 목소리로 자연스럽게 말하듯이 노래해야 노래다운 노래가 된다는 뜻이다.

가을은 귀뚜라미 노랫소리와 함께 문을 연다. 귀뚜라미의 노래가 '가을 귀'를 트이게 하는 것이다. '가을 귀'가 열려야 나뭇잎 떨어지는 소리도 듣고 연민과 그리움도 함께 할 수 있다. '가을 귀'는 마음과 영혼의 귀이기 때문이다.

귀뚜라미는 우리의 정신을 각성시키고 진정시켜주는 '소울Soul 곤충'이라 귀뚜라미 소리는 우리의 산란하고 거친 마음을 가라앉히고 다듬어준다. 귀뚜라미 소리는 난청인 사람에게도 잘 들린다.

불면증에 시달리는 현대인들이 많다. 잠이 오지 않거나 자다가 한 번 깨면 다시 잠들기 어렵다고 호소한다. 그런 분들 중 잠자기 전에 유튜브에서 들려주는 귀뚜라미 소리를 들으면 마음이 편안해져 잠이 잘 오고 일단 잠이 들면 깊이 자게 된다고 한다.

요즈음 유행어가 되어가고 있는 ASMR Autonomous Sensory Meridian Response●이 그것이다.

방에 들어온 귀뚜라미

———

고등학교 입시를 준비하던 때로 기억된다.

추석이 지나고 날씨가 제법 쌀쌀해진 어느 날, 늘 밖에서 울던 귀

———

● ASMR은 '자율감각쾌락반응'으로 번역되는데 뇌를 자극해 심리적 안정을 유도하는 소리나 영상을 말하기도 한다.

뚜라미가 방안에 들어와서 우는 것이 아닌가? 문틈으로 잘못 들어온 것으로 생각했다. 어떻게 할까 잠시 망설이다 귀뚜라미를 가족의 품으로 돌아가도록 휴지로 잘 덮어 밖으로 내보내 주었다.

지금 생각해 보면 귀뚜라미의 구조 신호를 제대로 못 읽은 것이다. 자그만 상자라도 찾아 배춧잎 한 조각이라도 넣어 조금 따뜻한 부엌에 거처를 마련해 주었어야 했다.

귀뚜라미는 초가을에는 풀숲에서 울다가, 날씨가 조금 쌀쌀해지면 햇빛이 깃들여져 있던 토방에 올라와 울고 이어서 마루까지 올라온다. 급기야 추운 날씨를 견디지 못하면 방안으로까지 들어온다.

귀뚜라미에 대한 지식과 이해가 부족하면 귀뚜라미의 절박한 상황을 이해하지 못하듯, 사람도 남을 관심 있게 보지 않으면 남이 처한 상황을 알기 어렵다. 과거 마을 공동체에서 이웃들과 빈번한 교류를 하면서 살던 때와는 달리 오늘날의 삶은 남을 알고 배려할 겨를이 없다.

귀뚜라미가 방에 들어온 것과 같은 행동은 나의 영역에 무단으로 침범하여 병균을 옮길지도 모르는 무례한 행동으로 간주해버린다. 형편이 어려운 친구가 커피값 계산을 주저해도 비겁하게 보아 버린다. 남이 불필요하게 화를 내거나, 인색하게 구는 이면에는 아픈 경험이 있을 수 있다. 타인의 사정을 모르면 귀찮아하거나 심지어 비난을 하기도 한다.

타인이 가진 것을 이해할 수 있어야 진정한 소통이 된다. 전쟁을 겪은 어른들의 소심한 잔소리도 그분들의 경험을 알아야 너그럽게 이해할 수 있고 세대 간의 갈등도 해소된다.

마음의 귀

——

파리행 비행기에서 알게 돼 25년째 교제하며 지내는 후배는 책과 신발을 좋아한다. 만날 때마다 책을 읽고 있다가 반긴다. 밥을 먹을 때도 책을 보며 먹는다. 책은 공부 잘한 과거사로 이해가 되지만 신발은 잘 이해가 되지 않았다. 새 신발을 신고 왔는데도 괜찮은 신발이 보이면 또 관심을 보이고 기어이 사고야 만다.

후배가 신발 사는 것을 몇 번 본 후 어느 날 웃으며 후배에게 물었다.

"혹시 어려서 신발 잃어버린 트라우마가 있는 거 아니야?"

후배가 멋적은 웃음을 지으며 기억을 더듬는다.

"맞아요. 어린 시절 신발이 떠내려갔어요. 다섯 살쯤인 것 같아요. 집안 형편이 어려워져 엄마가 저를 두고 공장에 가시려고 뒤도 돌아보지 않고 뛰어가시는데 울면서 쫓아가다가 신발 한 짝이 벗겨져서 길 아래를 흐르는 수로에 빠져 떠내려갔어요"

후배가 어린 시절 겪었던 아픈 경험을 들을 때 내 눈앞에는 떠내려가는 신발과 멀어지는 엄마의 뒷모습을 바라보던 어린 후배가, 아니, 내가 서 있었다.

초등학교에 입학하기 한 해 전 끔찍이도 손자를 사랑하시던 할머니와 같이 놀아주던 고모가 모두 서울로 떠났다. 세상 모두를 잃어버린 것 같았다. 할머니가 떠나가시던 길을 바라보며 그 길로 할머니가 다시 오시기를 성당의 종소리를 들으며 기도하였다.

후배가 신발에 집착하는 것이 이해되었다. 그 뒤부터 후배가 신발을 살 때마다 방관하지 않고 적극적으로 조언해 주었다. 외국 출장을 다녀올 때 신발도 한 켤레 사다 주었다. 그렇게 일 년이 지나자 후배는 더는 신발에 집착을 보이지 않고 같은 신발을 신고 나왔다. 지금도 밥을 먹을 때는 여전히 책을 본다.

상대방에 대한 진한 공감과 이해는 마음의 귀를 뚫게 한다. 마음의 귀가 뚫려야 들을 수 있고 소통도 할 수 있다. 마음의 귀는 치유까지 할 수 있는 최고급 능력이다.

중국에서는 귀뚜라미를 '실솔蟋蟀', 일본에서는 '코오로기コオロギ'라고 부른다. 한국, 중국, 일본 모두 그 아름다운 울음소리를 듣기 위해 귀뚜라미를 길러왔다. 특히, 궁녀들이 귀뚜라미를 가까이했다. 궁 밖 출입이 자유롭지 못했던 궁녀들은 그들이 어릴 적 고향에서 듣던 귀뚜라미 소리를 들으며 가족과 친구 생각에 눈물 적신 베개

를 안고 서럽고 시린 마음을 달랬다.

고려의 문신 이규보李奎報가 펴낸《동국이상국집東國李相國集》에도 궁녀들이 귀뚜라미를 키웠다는 내용이 나온다. 귀뚜라미는 한마디로 불안하고 슬픈 마음을 보듬는 어머니 같은 곤충이었다.

청나라의 마지막 황제 '부의溥儀'도 귀뚜라미와 놀던 추억이 있었다. 부의는 불과 세 살의 나이에 황제가 된다. 어린 부의는 황제 즉위식에서 우연히 발견한 귀뚜라미를 보고 즐거워한다. 얼마 후 부의는 한 신하로부터 선물로 귀뚜라미를 받는다. 황제로서 부의의 삶은 작은 통에 갇힌 귀뚜라미 신세였다. 그는 귀뚜라미와 친구가 되었고 귀뚜라미와 놀았다. 격변의 세월 속에 청나라는 그렇게 막을 내리고 황궁인 자금성은 관광지가 된다.

영화 '마지막 황제'는 평민 신분의 노인이 되어 자금성에 돌아온 부의가 통 속의 귀뚜라미 한 마리를 풀어주는 장면으로 마무리된다.

귀뚜라미는 대부분 온순하지만 난폭한 종류도 있다. 온순한 귀뚜라미도 자기 영역에 다른 귀뚜라미가 침범하거나, 좁은 공간에 여러 마리가 들어오면 과민해져 예리한 소리를 내며 물기도 한다. 중국에서는 당대唐代부터 귀뚜라미의 이런 습성을 이용하여 두실솔斗蟋蟀이라는 귀뚜라미 싸움을 즐겼다.

지난해 여름 중국 천진 시내를 걷던 중 '곽자관郭子罐'이라는 상호가 눈에 들어왔다. 들어가 보니 귀뚜라미를 담아두는 통을 파는 가게였다. 귀뚜라미를 담는 통의 높이와 지름은 각각 10cm 정도였다.

젊은 곽 씨 주인의 말로 '곽자관'은 할아버지로부터 물려받은 가게인데 중국 전통 귀뚜라미 문화蟋蟀文化를 지키는 자부심으로 운영하고 있다고 한다. 가게 안에는 할아버지와 손자가 함께 찍은 사진과 함께 귀뚜라미 문화를 소개하는 액자가 걸려 있다.

곽 씨의 말에 따르면 귀뚜라미를 담아두는 통을 파는 가게는 천진 외에 상해, 홍콩, 마카오에도 있다고 한다. '곽자관' 앞에는 유리 상자에 넣은 귀뚜라미를 파는 노점상들이 모여 있다. 두실솔은 아직도 살아있는 중국의 전통문화이다.

두실솔은 큰 통의 한가운데를 판자로 막고 양쪽 공간에 귀뚜라미 한 마리씩을 넣고 붓이나 풀잎, 고양이 수염으로 귀뚜라미 몸 양쪽 뒷부분을 살살 자극하면 귀뚜라미들이 흥분하여 서로 죽도록 싸운다.

처음에는 귀뚜라미 싸움으로 내기 정도 하다가 나중에는 도박으로까지 발전되었다. 싸움을 잘하는 귀뚜라미의 몸값은 당연히 비쌌다.

중국인들은 옛날부터 동물 싸움 보는 것을 좋아했다. 닭 싸움인 투계, 개 싸움인 투견, 양 싸움인 투양, 소 싸움인 투우에 심지어 바퀴벌레까지 싸움을 붙였다.

귀뚜라미 싸움은 궁궐 여인들이 귀뚜라미 울음소리를 들으려 귀뚜라미를 상자에 넣고 베갯머리에서 울음소리를 듣다가 귀뚜라미 수컷의 성질이 거칠고 싸움을 잘한다는 사실을 알게 되면서 시작되었다. 심심풀이로 싸움을 붙여보던 것이 궁 밖 백성들에게까지 퍼졌다.

13세기 남송南宋의 재상 가사도賈似道는 몽골의 쿠빌라이가 남송을 침공할 때도 애첩들과 귀뚜라미 싸움에 빠져 있었다. 국고로 귀뚜라미를 사기도 했던 그는 귀양살이에 처해진 후 살해당하고 만다.

15세기 명나라의 5대 황제 선덕제宣德帝도 귀뚜라미 싸움에 열심이었다. 궁궐에는 전문 사육사가 있을 정도였다. 귀뚜라미를 평가하고 수집하는 환관들도 귀뚜라미가 주는 권력을 만끽했다고 한다.

목소리

____

귀뚜라미는 사랑을 받아 줄 암컷을 향해 운다. 암컷은 수컷이 부르는 노래를 듣고 그 수컷이 유전적으로 자신과 교미가 가능한 종인지부터 파악한다. 강하고 공격적인 수컷인지의 여부까지도 파악한다.

'귀뚤귀뚤' 소리를 내며 우는 '귀뚜라미'는 '귀를 뚫어 줄게'라는 의미가 담겨 있는 것 같아 흥미롭다.

심리학자들은 인간 지식의 65%는 눈으로, 25%는 귀를 통해서 습

득된다고 한다. 눈과 귀는 서로 바로 옆에 붙어 있다. 듣는 것이 보는 것을 결정한다. 이 사실은 일단 귀를 사로잡아 팔고 보자는 '노이즈 마케팅'도 나오게 하였다. 여행지를 결정할 때도 '누가 그러는데 거기가 좋다고 하더라. 우리도 가보자'라는 말처럼 듣는 것이 인식의 출발점이 된다.

눈과 달리 귀에는 꺼풀이 없다. 보기 싫은 것은 눈을 감으면 그만이지만 귀는 늘 열려 있기 때문에 가려서 듣는 지혜가 필요하다.

소리의 강도를 나타내는 단위를 '데시벨dB'이라고 한다. 가청 음역을 나타내는 단위는 '헤르츠Hz'이다. 사람의 귀로 들을 수 있는 가청 음역은 16~20,000Hz이다. 이 중 서로의 대화를 알아들을 수 있는 회화 음역Conversational Range은 250~2,000Hz이다. 서로 대화를 할 때 가장 편안한 주파수는 대강 300~500Hz이다. 이 주파수를 벗어나면 잘 들리지 않는다.

일상생활이나 비즈니스에서 고음을 싫어하는 상대방에게 고음 일변도로 말을 한다면 결과는 낭패이다. 고음에 너그러운 사람이 있기는 하지만 드물다.

동물은 듣는데 인간이 듣지 못하는 주파수가 있는가 하면, 젊은이는 듣는데 어르신은 듣지 못하시는 소리도 있다. 또, 양쪽 허벅지 사이의 오금으로 듣는 소리도 있다. 맹수Predator들이 저음으로 '그르렁'거리는 소리는 먹잇감Prey이 되는 동물에게는 순간 오금을 저리게 하여 꼼짝도 못 하게 만든다.

귀뚜라미에게 노래가 중요하듯 인간에게도 목소리가 중요하다. 여자에게 남자의 목소리는 용모보다 더 중요할 수 있다. 남자가 시각적이라면 여자는 청각적인 면이 강하다. 남성미가 있는 저음은 매력적이고 설득력이 있다.

관상학에 어떤 얼굴도 목소리가 따라가 주지 않으면 훌륭한 관상이 되지 못하며 관상의 완성은 목소리라는 말이 있다. 심지어 음성만 듣고 예언하는 분도 있다.

사자는 사자후獅子吼 때문에 사자로 대접받는 것이다.

인간에게 목소리만큼 중요한 것이 말투나 말버릇이다. 징징거리는 말투나 비아냥거리는 말투, 우는 듯한 말투, 불만이 섞인 말투는 자신의 운을 갉아먹는다.

우취우눈又脆又嫩

귀뚜라미는 주로 조류 사육용으로 기르지만, 식용으로도 알려져 있다. 중국 운남성에 가면 귀뚜라미 튀김을 좋아하는 사람들이 의외로 많다. 튀김을 먹어보니 대체로 바삭바삭하다. 일단 바삭마삭해야 식감이 좋다. 반면, 튀김의 속은 의외로 부드럽다.

음식의 나라 중국에는 음식에 관한 한 한 가지 원칙이 있다. 국물이 있는 음식이 아니라면 겉은 바삭바삭하고 속은 부드러워야 한다는 '우춰우눈又脆又嫩'이 그것이다. 영어로는 'Crispy but Soft'라는 표현이 적절할 것 같다. 딱딱해야 이齒牙를 만족시키고 부드러워야 혀를 만족시킬 수 있기 때문이다. 중국 음식의 영향을 받은 프랑스 음식도 마찬가지다. 바게트, 크루아상, 마카롱도 겉은 딱딱하지만 속은 부드럽다.

딱딱하기도 하고 부드럽기도 해야 하는 것은 비단 음식에만 국한되는 것은 아니다. 사람의 머리도 겉은 딱딱하고 속은 물렁물렁해야 한다. 예의가 바르고 평판이 좋은 분 중에도 새로운 사람 만나는 것을 꺼리고 새로운 지식이나 정보에 귀를 닫는 분들이 의외로 많다. 실패의 책임이 돌아오는 것을 두려워하기에 새로운 시도조차 하지 않는다. 이들은 상관으로부터는 좋은 평가를 받지만, 미래를 보고 가야 하는 직원들에게는 꽉 막힌 무능한 상사일 뿐이다. 이들은 겉은 부드럽게 보일지 몰라도 속은 딱딱해서 도저히 먹을 수 없는 빵과 같은 사람들이다.

세상을 살아가는 데는 양극단의 존재를 인정하고 조화롭게 소화하는 지혜가 필요하다. 양극단은 평행선이라 영원히 만나지 못하기 때문이다.

중국 근현대사에서 가장 걸출했던 한 인물은 자신의 딸 이름을 예민하다는 뜻의 '민敏'으로 지었다. 다음에 낳은 딸의 이름은 어눌하다는 뜻의 '눌訥'이었다.

모택동 주석 딸들의 이름이다.

06

차가운 반딧불螢 형

'올해는 어디로 가서 반딧불이를 볼까?'라는 즐거운 계획을 세우는 일이 벌써 몇 년째가 되었다. 철새의 군무Bird Watching를 보러 가는 것처럼 늦여름이면 반딧불이 구경 Firefly Watching을 가는 것이 한 해의 낙이다. 반딧불이를 보러 온 사람들은 이구동성으로 '이만한 낙이 없다'고 한다. 늦여름 밤, 칠흑 같은 어둠 속에서 차갑게 빛나는 반딧불이의 춤은 가히 몽환적이다. 반딧불이의 매력에 빠지다 보니 "등산이나 하지 웬 반딧불이 타령이냐"며 불평하던 친구 둘과 함께 필리핀 팔라완Palawan 섬에 있는 이와힉Iwahig 강의 반딧불 투어를 다녀왔다.

상공에는 한국과 성좌를 달리하는 별이 다이아몬드처럼 박혀 카펫으로 펼쳐져 있고, 저공에는 크리스마스트리 같은 명멸하는 연초록의 반딧불이가 느리게 날고 있다. 자연의 빛, 생명의 빛으로 세상은 순간 멈춰버렸다. 우주 만물이 이 순간만큼은 반딧불이를 위해 존재하는 것 같다.

노르웨이의 눈 덮인 자작나무 숲에서 적막을, 스코틀랜드 절벽에서 본 파도로부터 두려움을 느꼈다면 반딧불이의 느린 군무로부터는 마음의 위안을 얻는다.

반딧불이가 느리게 그리는 연초록의 부드러운 곡선은 삽시간에 우리를 황홀경에 빠뜨린다. 세상 사람들을 반딧불이의 차분한 저공 비행을 본 사람과 그렇지 않은 사람으로 나눈다면 지나친 반딧불이 사랑일까? 반딧불이는 어린이를 신비의 세계로 이끌고 어른은 동심의 향鄕과 수愁에 잠기게 한다.

호롱불을 밝힐 기름도 없는 가난한 소년이 반딧불이의 빛으로 책을 읽고 당당히 과거에 급제하여 선정을 베푸는 관료가 되었다는 이야기를 듣고 자랐다. 공부가 입신양명의 유일한 길이었던 '아재 세대'들은 반딧불이도 성실의 상징인 개미와 함께 환경을 탓하지 말고 공부를 하라는 무언의 압력으로 들었다.

그래서일까? 어릴 땐 반딧불이가 가슴이 시릴 정도로 아름답다는 것을 느끼지 못했다. 반딧불이는 돈이 없어 전기가 끊기면 잡아다가 쓰는 줄 알았다. 그 옛날 손전등 없이 밤에 숲길을 걸을 때 반딧불이가 환하게 길을 인도해서 도움을 받았다는 이야기도 반딧불이를 대체 전력 정도로 생각하게 하는 데 일조를 하였다.

어린 시절로 돌아간다면 아버지 손을 잡고 반딧불이의 춤을 볼 것이다. 아버지가 밤이슬을 맞으면 안 된다고 조금만 보자고 하시면 나는 오래 보고 싶다고 고집을 부릴 것이다. 아버지는 당신의 남방을 벗어서 나를 입혀 주실 것이다. 아버지의 헤진 흰색 난닝구도 어둠 속에 흰빛이 되어 환하게 빛날 것이다.

먼 이국에서 반딧불이를 보면서 아버지가 그리운 것은 꺼져서는 안 되는 빛이 되어 살아야 했던 아버지의 고단한 삶이 떠올라서다.

반딧불이는 밤에만 빛을 내지만 아버지는 평생 빛을 내야 하고 고장이 나서도 안 되는 불빛이었다.

발광發光

———

반딧불이 형螢 자는 벌레 위에 두 개의 불이 반짝이는 모습을 형상화한 것이다. 발광 곤충인 반딧불이는 파리Fly류나 벌레Bug류가 아닌 딱정벌레Beetle류에 속한다.

반딧불이의 발광은 꼬리에 있는 발광 물질 루시페린Luciferin이 산소와 결합할 때 생긴다. 반딧불이는 빛의 색깔과 밝기, 지속성이나 발광하는 빈도가 사람의 지문이나 홍채가 다른 것처럼 개체마다 다 다르다.

사랑을 원하는 반딧불이는 초저녁에는 밝은 주황색을, 밤이 깊어 가면서 초록색으로 색을 바꾸어 발광한다.

점멸하는 불빛이 구애와 화답의 신호이다 보니 인공조명이 반딧불이의 짝짓기 발광 신호에 혼란을 주어 번식에 지장을 주기도 한다. 도회지에서 반딧불이를 찾아보기 힘든 이유가 바로 여기에 있다. 인공조명은 곤충뿐만 아니라 개구리, 거북, 새들의 번식에도 지장을 주고 있다.

인공조명의 경우 백열전구는 고작 에너지의 10%가 광선으로 바뀌고, 90%는 열로 발산된다. 반딧불이는 80% 정도가 광선으로 바뀌니 열이 거의 없는 냉광冷光이다. 보통 냉광에는 일곱 빛깔 밖에 있는 선 즉, 적외선과 자외선이 없다. 냉광인 반딧불이를 손에 쥐면 약간 따뜻한 느낌이 들 정도다.

반딧불이는 알, 유충, 번데기도 발광을 한다. 유충은 물속에서는 노란색으로 발광한다. 발광하는 이유는 '내 몸속에 독이 있다'는 표시를 하여 포식자에게 경고하는 것이다. 나비 중에도 보호색으로 철저하게 자신을 은폐하는 종이 있는가 하면 자신의 몸 색깔을 선명하게 하여 포식자에게 기괴한 인상을 주려는 종이 있는 것과 마찬가지이다.

지구상에 빛을 내는 생명체는 많지만, 점멸하는 불빛을 만들기 위해 스스로 불빛 방출을 통제할 수 있는 능력을 가진 생명체는 오로지 반딧불이뿐이다. 일본인들은 반딧불이를 매미보다 높게 평가하여 '우는 매미보다 울지 않는 반딧불이가 몸을 태운다'라는 속담을 사용한다. 입으로 왈가왈부하는 사람보다 조용히 실천하는 사람을 높이 평가한다는 말이다.

반딧불이가 성충이 되어 날개돋이할 무렵이 되면 입은 퇴화되어 아무것도 먹을 수 없게 된다. 이슬만 먹고 2주를 산다. 다행히 몸에 지방을 비축해두어 그 에너지로 버틴다. 유충 시절이 일 년 정도인 것을 고려하면 덧없이 짧은 생이다. 반딧불이는 살아있는 2주 동안 불빛을 깜박이며 짝을 만나 짝짓기를 하고 알도 낳아야 한다. 참 빠듯한 시간이다.

반딧불이는 암컷과 수컷 모두 사랑을 위해 빛을 밝힌다. 수컷이 먼저 암컷에게 발광하여 프러포즈를 하면, 그 프러포즈를 받아주는 암컷이 신호를 보낸다. 암컷의 신호를 알아본 수컷은 그 암컷을 향해 빛을 밝히며 다가간다.

파리나 모기는 날개를 떨어서, 벌은 몸을 흔들어서, 개구리는 울어서, 박쥐는 초음파를 보내서 소통하는 것처럼 반딧불이는 자신의 가장 중요한 대화를 빛으로 한다.

알고 보면 생물체마다 소통 방식이 다 다르다. 사람도 어떤 이는 큰 목소리로, 어떤 이는 저음으로 소통을 한다. 어떤 사람은 직설적으로, 또 어떤 이는 비유와 은유를 사용하여 대화한다. 어떤 경우에는 채찍으로, 어떨 때는 당근으로 대화하고, 가끔은 호루라기를 사용하는 일방적 전달도 있다.

차가운 지성

———

이 신비한 발광 곤충 반딧불이는 스토리를 만들기도 하였다.

동진東晉●의 차윤車胤이라는 소년은 밤에도 책을 읽고 싶었지만, 집이 가난하여 등불을 켤 기름을 살 수 없었다. 그는 궁리 끝에 명주 주머니에 반딧불이를 넣고 그 빛으로 책을 읽었다. 형설지공螢雪之功●●의 고사故事이다.

같은 시대 손강孫康이라는 소년 역시 집안 형편이 어려워 겨울 추위를 견디며 창밖으로 몸을 내밀어 하얀 눈에 조설照雪되는 달빛으로 책을 읽었다.

그 후 사람들은 두 소년의 학구열을 일컬어 '주머니 속의 반딧불이로 비추고 눈빛으로 반사시켰다'는 뜻의 '낭형조설囊螢照雪'이라는 성어를 만들어 칭송하였다. 반딧불이가 고장 난 형광등처럼 반짝거리기 때문에 차윤이 반딧불이로만 책을 보기는 쉽지 않았을 것이다. 다만, 그 시절에는 종이책과 죽간이 혼용되던 때라 차윤은 가정

● 　동진(東晉): 4~5세기 중국 강남 지역에 세워진 진(晉)의 망명 왕조
●● 중국어로는 낭영영설(囊螢映雪)이라는 표현도 사용

형편상 종이책보다는 큰 글자가 새겨진 죽간으로 된 책을 읽었을 가능성이 크다. 그렇다면 반딧불이의 불빛만으로도 독서가 가능했을 법하다.

일본인들도 낭형조설의 영향을 받아 '螢の光, 窓の雪'이라는 동요를 만들었다. '반딧불이의 빛과 창밖의 눈'이라는 뜻이다. 반딧불이의 수명이 2주이다 보니 반딧불이와 눈이 함께 있는 것은 계절상 불가능하지만, 지성을 추구하는 두 소년을 의미하는 것이기에 눈과 반딧불이는 관념상 같이 있을 수 있다.

반딧불이는 지성미를 느끼게 하는 곤충이다. 반딧불이가 책과 연결되는 이미지도 있지만 반딧불이 스스로 차분하고 부드러운 빛을 발하기 때문이다.

사람의 개성은 지성과 야성의 조화에서 나온다. 동動적인 세상에서 정靜을 유지하려면 학습과 사색을 통한 지성이 형성되어야 한다. 가혹한 생존의 세계에서 자존을 지키려 해도 지성이 있어야 한다. 지성은 사람으로 하여금 꿈을 꾸게 한다.

세상 경험이 많은 선배 세대들이 '차가운 반딧불'이 되어 '뜨거운 횃불'의 후배 세대들을 지성으로 이끌 때 사회는 진보한다. 세상을 이끄는 것은 지성이다. 오늘날의 대한민국은 차가운 지성의 밑받침 위에 세워졌다. 이토 히로부미伊藤博文를 저격하여 사형수가 된 안중근의 어머니 조마리아 여사는 뜨거운 감정을 억제하고 아들에게

"비겁하게 삶을 구걸하지 말아라. 대의에 죽는 것이 어미에 대한 효다"라고 하면서 차가움을 유지하였다.

아들 안중근은 "나는 처음부터 무죄요, 무죄인 나에게 감형 운운하는 것은 치욕이다"라고 말하며 어머니의 전언대로 의연히 죽기로 차가운 결심을 한다. 그의 나이 서른하나였다.

1910년, 일본 아사히 신문은 조마리아와 안중근 모자의 냉철함을 '시모시자是母是子'라고 하였다. 그 어머니에 그 아들이라는 말이다.

안중근은 늘 독서를 하였다. 그는 사형이 집행되기 직전 사형집행관이 마지막으로 바라는 것이 없냐고 묻자 "아직 책을 다 읽지 못했으니 5분만 형 집행을 미루어 달라"라고 한 후, 책을 다 읽고 "감사하다"라는 말로 의연히 형 집행을 받아들인다.

그가 옥중에서 집필하던 '동양평화론'이 미처 완성되지 못한 것은 큰 아쉬움으로 남는다. '동양평화론'에는 일본에 대한 증오를 떠나 동양 3국의 미래를 위한 공존의 이정표가 제시되었을 것을 생각하면 참으로 애석하다.

우리가 잘 아는 세종대왕, 이순신 장군, 빌 게이츠, 일론 머스크의 공통점 역시 늘 책을 읽는다는 점이다. 책은 미래를 상상하게 한다. 빌 게이츠의 말을 소개한다.

I really had a lot of dreams when I was a kid, and I think a great deal of that grew out of the fact that I had a chance to read a lot. (어릴 적 나에겐 정말 많은 꿈이 있었고, 그 꿈의 대부분은 많은 책을 읽을 기회가 있어서 가능했다고 본다.)

오늘날 세상이 어지러운 것은 모두가 들떠 있기 때문이다. 남북문제도 동서 화합도 들떠 있으면 냉철한 해결책을 찾기보다는 이벤트에 기대게 된다.

유튜브 몇 편에 출연하여 몇 분간 인터뷰와 토론을 하고, 페이스북에서 몇몇 사람과 글을 주고받은 후 소통을 했다고 착각한다. 소통을 위해서는 말하는 사람의 지성과 품위가 느껴져야 한다. 지성과 품위는 믿음을 주기 때문이다.

우리는 '지성'보다는 '자극'을 추구하는 세상에 살고 있다.

정치인이나 리더가 자신이 읽은 책으로 소통한다면 '재미없는 진부한 사람'이 되고 만다. 두어 번 그런 글을 올리면 정치할 의사가 없는 사람이 된다.

차가운 지성미를 갖춘 의젓한 인물을 알아보는 시민들의 안목이 필요한 시점이다.

깨끗한 빛

반딧불이는 개똥벌레로 불리기도 한다. 정확히 말하면 반딧불이의 유충을 개똥벌레라고 부른다. '개똥'이라는 표현은 토속적이고 천하게 들린다.

반딧불이가 개똥을 먹고 사는가? 아니다. 어쩌면 반딧불이를 귀하게 보았기 때문에 개똥벌레라고 불렀는지도 모른다. 유아사망률이 높던 시절 귀한 자식은 본명을 두고 '개똥이'라고 불렀다. 알고 보면 여기에는 조심스러움이 담겨있다. 역설적으로 귀한 것에 천한 이름을 붙여 불순함과 사악함이 가까이 오지 못하도록 한 것이다. 과거 우리 조상들은 부정 타는 것을 경계하여 '입 타지 않고 말 타지 않도록' 조심의 끈을 놓지 않았다.

반딧불이 유충은 깨끗한 물에서만 사는 다슬기를 먹고 살고, 반딧불이 성충은 이슬을 먹고 산다. 깨끗한 물에서 깨끗한 것을 먹고 사는 반딧불이는 스스로 차갑고 맑은 자연의 빛 Lumen Naturale●을 낸다. 그런 이유로 반딧불이에서 차가운 지성이 느껴지는지도 모르겠다. 사람도 깨끗이 행동을 하면 안광이 맑아진다.

사회가 더 맑아지려면 아무리 배가 고파도 이것저것 주워 먹지 않는 안광이 맑은 고결한 지성이 많이 나와야 한다.

남을 위해 고요히 빛을 비추는 그들이 기다려진다.

● Lumen Naturale: 스콜라 철학의 용어로 차가운 이성(reason)을 가리키는 말이며, 데카르트가 자주 사용하였다.

내가 틀릴지도 모른다

———

2,500년 전 중국 춘추시대 노魯나라의 한 노인과 소년의 대화다. 노나라는 지금의 산동성山東省이다. 산동성에 가본 분들은 자동차 번호판에 노魯 자가 쓰여 있는 것을 보았을 것이다. 노인은 다름 아닌 공자다. 그가 오늘날의 하북성河北省인 연燕나라에 가는 도중 항탁項橐이라는 어린 소년의 당돌한 질문을 받는다. 질문은 네 가지였다.

"고기가 자랄 수 없는 물도 있습니까?"

"연기가 나지 않는 불이 있을까요?"

"잎사귀가 없는 나무가 있는지요?"

"가지가 없는 꽃이 있을 수 있을까요?"

이치와 원리 위주로 사고를 해 온 공자가 답했다.

"강이나 바다, 하천 그 어디에도 물이 있으면 고기가 살 수 있단다. 풀과 나무로 피우는 불은 모두 연기가 난다. 잎사귀가 없다면 나무라고 할 수 없고 가지가 없으면 꽃이 피지 못할 것이다"

항탁은 공자의 말을 부인하였다.

"우물에는 고기가 없고, 반딧불이에서는 연기가 나지 않으며, 마른 나무에는 잎사귀가 없고 눈꽃에는 가지가 없지 않습니까?"

소년의 답에 공자는 짐짓 당황했으나 곰곰이 생각해 보았다.

공자는 네 가지 질문 중 특히 반딧불이를 다시 떠올렸다. 그리고 곧바로 소년에게 예를 갖추었다.

이 스토리는 자만과 교만을 경계하고 '혹시 내가 틀릴지 모른다 I may be wrong'는 생각을 해 보아야 한다는 점을 역설하고 있다. 사실, '내가 틀릴지 모른다'라는 생각만큼 자신을 발전시키는 원동력은 없다.

하나를 알게 되면 모르는 이면이 항상 있기 마련이다. 세상에는 우리가 알지 못하고, 보지 못하는 현상들이 늘 존재한다. 잎사귀와 줄기가 나무의 전부는 아니다. 나무의 25% 정도를 차지하는 뿌리는 항상 땅속에 조용히 숨겨져 있다.

공자가 활동하던 시기를 보통 '축의 시대'라고 부른다. 조금 자세히 말하자면, 세계의 주요 종교와 철학은 기원전 900년부터 기원전 200년 사이에 거의 다 출현하였다. 이 시기에 중국에서는 공자, 노자, 묵자가 인도에서는 석가모니가 등장하였고, 그리스에서는 소크라테스와 플라톤이 태어났다.

이들은 인류 정신문명의 혁명기를 이끌었다. 인류가 불을 다룰 수 있는 기술도 이 무렵에 비약적으로 발전하였다. 불을 다루는 기술은 인류로 하여금 철을 생산하게 하였고, 본격적으로 철제 농기구를 사용할 수 있게 되었다. 그 결과 농업 생산성이 비약적으로 늘어나 인류는 식량의 궁핍에서 벗어나 자신을 돌아볼 수 있는 정신적 여유가 생겼다. 정신이 깨이고 철학이 탄생한 것이다.

인류사의 큰 흐름은 기술의 진보에 따라 결정된다. 인류는 그 후 2천 년 동안 부단한 과학기술의 진보를 이루어냈지만, 아직도 2천 년

전의 정신세계를 찾고, 그 시절에 만들어진 철학을 공부하고 있다.

그 고향

―――

지금은 반딧불이가 지역의 큰 관광자원이 되었다. 반딧불이는 공기가 맑은 청정지역에서만 살 수 있기 때문에 반딧불이가 산다는 것 자체가 큰 자긍심이 된다.

인류의 과학과 문명이 발전되면서 뜻하지 않게 지구 생태계 전반이 훼손되는 부작용이 발생하였다. 산업화, 도시화, 오염물질의 방출이 이유일 것이다.

몇 년 전만 해도 여름철 고속도로를 운전하고 나면 자동차 앞 유리에 벌레들의 사체가 무수히 늘어 붙었지만, 요즈음은 어찌 된 일인지 장거리를 운전하고 나도 유리가 깨끗하다. 벌레의 개체 수가 줄어든 탓이다.

심각한 점은 벌레뿐 아니라 생물체 전반에 걸쳐 개체 수가 점점 줄어들기 시작하다가 급기야 멸종에 이르는 동식물의 수도 늘어나고 있다는 점이다.

이제는 우리에게 친숙한 반딧불이마저 점점 찾아보기 어려워 때로는 수백 km를 가야 만날 수 있다.

반딧불이가 당장 멸종까지 이르지는 않겠지만 우리 주변에서 멀어지는 것을 느낄 때마다 마음속은 비어만 간다. 우리의 지리적 고향은 그곳에 그대로 있건만 반딧불이와 함께 지내던 '그 고향'은 찾을 길이 감감하기만 하다.

PART 2

멀어져 가는
충선생

虫 · 선 · 생

01

신성한 쇠똥구리 聖甲蟲 성갑충

경운기가 농로 위를 털털거리고 자동차가 신작로에서 경적을 내며 달리기 전까지는 소달구지가 주요 운송 수단이었다.

선거 때가 되면 '전국 우마차 조합'이 이익단체로서 뚜렷한 자신들의 목소리를 내기도 하였다. 우마차 조합은 현재의 공공운수 노조나, 지하철노조처럼 근로자의 이익을 대변하는 단체였다. 소가 지하철이나 트럭, 버스처럼 짐과 사람을 실어 날랐으니 당연하지만, 격세지감을 느끼게 된다.

소달구지가 지나갈 때는 달구지에 길을 내주고 옹색하게 서서 행렬을 구경하였다. 달랑달랑 소의 목에 매달린 워낭 소리, '워~워'하며 소의 고삐를 조절하는 달구지 주인의 주름진 목소리, 달구지 바퀴와 신작로 자갈이 부딪치는 소리, 덜컹거리는 달구지의 불규칙한 흔들림까지 석양에 사라지는 소달구지를 한참이나 보곤 하였다.

어떤 소는 달구지를 끌고 가면서도 똥을 싸대곤 했다. 소가 많으니 당연히 소똥도 많았다. 소똥이 많으니 소똥과 함께 사는 쇠똥구리 역시 많았다. 소똥을 처리하는 쇠똥구리가 많다 보니 소들이 길가에 싸 놓은 똥도 얼마 지나지 않아 감쪽같이 사라지곤 했다.

소달구지가 있었던 시절에는 말달구지 역시 심심찮게 보였다. 말이 있으니 말똥과 말똥구리가 있었음은 더 말할 나위도 없다. 알고 보면 말똥구리나 쇠똥구리 심지어 낙타똥구리도 전부 같은 종으로 초식동물의 똥을 먹고 산다. 영어로는 모두 'Dung Beetle'이라고 부른다. 족보상으로는 딱정벌레목 풍뎅잇과에 속한다.

쇠똥구리는 소똥을 떼어다 호두알보다 조금 작은 공을 만든 다음 긴 뒷다리로 그 공을 능숙하게 밀어 굴린다. 그러다 그 공을 풀밭 모래 속에 살짝 묻어 놓고 그 속에 알을 낳기도 한다. 소똥으로 된 공은 쇠똥구리에게는 귀중한 식량이고 아늑한 보금자리이자 산란터가 되는 것이다.

쇠똥구리알은 공이 햇볕으로 데워지면시 유충으로 깨이난다. 공은 시간이 지나면서 단단해지고 겉껍질은 더욱 딱딱해져 집적거리려는 적으로부터 유충인 새끼를 보호할 수 있게 한다. 새끼는 공 속에서 소똥을 먹으며 자라 번데기로 변한 후 성충이 되어 지상으로 올라와 소똥 굴리기를 시작한다.

쇠똥구리가 소똥을 굴리는 방향은 낮에는 해, 밤에는 달, 달이 없는 밤에는 은하수 빛을 기준으로 한다. 은하수 빛을 이동의 기준으로 삼는 동물체는 쇠똥구리가 유일하다.●

쇠똥구리가 사라진 세상

1980년대 초까지 심심치 않게 보이던 쇠똥구리가 이제는 완전히 우리 곁을 떠나버렸다.

쇠똥구리가 자취를 감추게 된 것은 소들이 사료를 먹기 시작하면서부터다. 사료를 먹은 소는 덩어리 똥이 아닌 묽은 똥을 시멘트 바닥에 쌌다. 쇠똥구리가 시멘트 바닥에 접근하는 것도 어려웠겠지만 묽은 똥으로 단단한 공을 만들기는 더욱 어려웠을 것이다.

사료에 질소 성분이 많으면 소똥 속에 가스가 생겨 쇠똥구리 유충들이 살기 어렵게 된다. 게다가 과거에는 사료에 미량의 항생제까지 들어 있었다.

한 번 떠난 쇠똥구리는 다시 돌아오지 않았다. 급기야 '최근 한국 정부가 몽골에서 쇠똥구리 200마리를 수입했다'라는 기사●●를 무

● 스웨덴의 마리 다크(Marie Dacke) 박사는 장시간 쇠똥구리의 항법 시스템 연구를 통해 '쇠똥구리는 이동의 방향을 잡을 때 은하수 빛을 이용한다'는 사실을 밝힌 바 있다. portal.reasearch.lu.se

거운 마음으로 읽게 되었다.

그동안 우리의 식단이 채식에서 육식 위주로 바뀌면서 증가하는 육류 소비에 대응하기 위해 가축의 밀집 사육을 하게 되었다. 밀집 사육은 사료의 사용이 불가피하였고, 사료에 여러 화학 성분이 들어있는 소똥을 쇠똥구리가 먹기는 어렵다.

우리의 생활방식이 변하면 주변 생물의 생존에까지 영향을 끼치고, 그 결과는 이처럼 인간의 삶에 다시 영향을 준다.

요즈음 '밀집 사육을 하지 않는다'는 호주산 소고기의 수입이 늘고 있다.●●● 호주도 처음 소를 들여올 때는 소똥을 먹는 풍뎅이가 없어 곤란을 겪었다. 캥거루 똥만 먹는 풍뎅이밖에 없었기 때문이다.

소를 들여온 지 얼마 안 되어 초원은 온통 소똥 밭이 되고 말았다. 초원은 소똥으로 풀이 자라지 않아 사막이 될 지경이었다. 호주 정부는 긴 고민과 토론 끝에 호주와 같은 남반구인 남아프리카에서 쇠똥구리를 들여오기로 결정하였다. 호주에 온 쇠똥구리가 기대에

●● 한국일보 기사: 환경부와 국립생태원은 멸종위기 야생생물 II급인 쇠똥구리 200마리를 최근 몽골에서 수입했다. 2019.08.11
●●● 나승용 박사(농촌진흥청장, 2017~2018)는 "호주산 소고기 중 한국과 일본으로 수출되는 소는 30개월가량 방목시킨 후 8개월 정도는 밀집 사육을 하면서 곡류를 먹인다. 소가 섭취한 곡류의 탄수화물은 체내에서 지방으로 바뀌어 골고루 퍼지게 된다. 지방이 골고루 퍼진 소고기에는 대리석 무늬와 같은 마블링(Marbling)이 생기게 된다. 마블링이 골고루 된 소고기는 구이로 먹는 것을 선호하는 우리나라와 구이와 샤부샤부를 즐기는 일본 사람들의 식성을 겨냥한 소비국 맞춤형 사육 때문일 것이다"라는 견해를 피력했다.

어긋남이 없이 소똥을 처리하기 시작하자 호주 초원의 생태는 서서히 복원되었다.

호주 정부가 남아프리카의 쇠똥구리를 수입한 것은 자연에 대한 믿음 때문이었다. 사람-소-소똥의 문제를 쇠똥구리로 대응한 것은 간단하지만 정확한 처방이다. 자연을 제대로 볼 때 내릴 수 있는 결정이다. 자연이 곧 우리고 우리가 곧 자연이기 때문이다.

쇠똥구리가 우리 곁을 떠난 것을 생각하면 어린 시절 참외밭에서 잡은 '둥구(쇠똥구리나 풍뎅이의 사투리)'의 목을 시계 태엽을 감듯 비틀어 날지 못하게 한 후 마룻바닥을 빙빙 돌게 한 짓궂음에 용서를 구하고 싶은 심정이다.

성갑충聖甲蟲

———

3,700년 전 이집트 왕궁 천장에는 쇠똥구리가 그려져 있다. 투탕카멘 왕릉에서는 쇠똥구리가 태양을 굴리는 것을 도안한 목걸이도 발견되었다. 오늘날 쇠똥구리 모양의 여성용 장신구가 많은 이유도 투탕카멘 왕릉의 목걸이 영향 때문일 것이다.

고대 이집트인들은 쇠똥구리를 '우주의 신宇宙神'으로 믿었다. 땅속으로 어미 쇠똥구리가 사라지고, 시간이 지나면 소똥으로 된 공에서 쇠똥구리 새끼가 나오는 것을 보고 어미 쇠똥구리가 다시 새끼로 환생한 것으로 생각하였다. 이러한 생각은 미라Mummy에 쇠똥구리 반지를 끼워주면 죽은 사람도 혼을 되찾는다는 사고로까지 발전하였다.

고대 이집트인들은 해가 떠 있는 내내 소똥을 굴리는 쇠똥구리를 둥근 천체天體를 운행시키는 태양신이나 달의 신으로 보았다. 소똥으로 만든 공은 태양에 비유되었다.

고대 이집트인들은 쇠똥구리가 소똥을 굴리는 모습에서 태양신 '라Ra'가 태양을 움직이는 모습을 떠올렸다. '라'의 분신인 '케프리Khepri'가 쇠똥구리 모습을 하고 있는 것도 같은 맥락이다.

우리가 늘 의지하는 신은 누가 죽든, 어느 왕조가 망하든, 심지어 지구 전체가 폭발하여 우주에서 사라져버려도 전혀 개의치 않겠지만, 인간은 줄기차게 신을 찾는다. 약한 인간이 강한 신에게 바라는 것은 많다.

우선 인간은 신이 언제나 선善의 편에 있을 것으로 믿는다. 인간은 선으로 신을 기쁘게 하면 신이 자신들을 기특하게 여겨 마땅히 보상해 주리라 믿지만 선善이라는 개념조차 인간의 인식에서 출발했을 뿐이다.

인간은 한 걸음 더 나아가 신으로부터 '선善에 대한 보상'과 '악惡에 대한 응징'을 바라는 마음으로 '정의와 공평'이라는 실천적 원칙까지 만들었겠지만 이러한 원칙은 제대로 지켜지지 않는다. 한쪽에서는 풍요의 바다가 다른 한쪽에서는 메마른 빈곤이 눈물마저 마르게 한다.

영원한 생명인 신은 세상사의 모든 것을 아시고 주관하신다는데, 유한한 삶을 사는 인간은 분노와 좌절까지 느끼다가 '신의 존재'에 회의를 품기도 한다.

이런 의문과 생각을 고대 이집트인들도 했을까? 그들은 '정의와 공평'을 논하기보다는 영원한 삶의 신과 유한한 삶의 인간을 쇠똥구리로 연결한 것을 보면 부활과 영생에 더 관심을 둔 것 같다.

고대 이집트에서는 신과 인간을 연결한 쇠똥구리를 스카랍Scarab이라고 불렀다. 'Scarab'은 영어 'Sacred'의 의미이다. 한자 문화권에서도 쇠똥구리는 일찍이 성갑충聖甲蟲으로 불렸다. 쇠똥구리는 오랜 세월 소똥을 만지고 다듬고 분해하여 자연으로 되돌려 보내는 훌륭한 역할을 묵묵히 해왔다. 일찍이 쇠똥구리를 스카랍Scarab이라고 부른 것은 탁월한 안목이다.

소가 있으면 소똥이 생기고 소똥이 있으면 쇠똥구리가 살기 시작하기 마련이다. 아라비아 사막에는 낙타가 살고 낙타 똥에는 낙타 똥구리가 산다.

아라비아반도 사막의 낙타 똥으로 공을 만드는 낙타똥구리 역시 낙타와 공생을 하면서 척박한 사막에서 나름대로 일상을 꾸리고, 생태계를 유지해 나간다. 사막에 모래를 파고, 그 속에 낙타 똥에서 나오는 유기물을 집어넣어 토양에 양분을 준다. 짧은 기간이지만

이 양분 때문에 사막에 꽃도 핀다.

한 쌍의 낙타똥구리가 둥글게 빚은 낙타똥으로 만든 구슬을 끌고 미는 모습에서 협동의 아름다움을 느낀다. 수컷이 앞에서 끌고 암컷은 뒤에서 민다. 다른 동물의 똥을 더럽다고 피하지 않고 알뜰하게 집으로 만들어 거기서 양분을 섭취하고, 산란도 하고 분해까지 하는 완전한 순환을 실현한다. 어느 똥구리든 비록 벌레蟲이지만 길吉한 존재이다. 그런 이유로 똥구리를 '길쌍蟲'이라고도 부른다.

소가 똥을 누면, 먼저 파리가 와서 알을 낳는다. 몇 시간 후 쇠똥구리가 오고 이어서 지렁이가 온다. 이 순서가 지켜진다. 지렁이가 먼저 오면 쇠똥구리는 더이상 오지 않는다. 쇠똥구리가 시간적 질서를 이해하는 것이다. 쇠똥구리는 땅을 팔 때도 종에 따라 땅을 파는 깊이가 다르다. 덩치가 큰 종은 작은 종보다 깊이 판다. 같은 종끼리도 서로에 대한 예의를 지킨다. 사실 예의의 기본은 때와 장소를 아는 것이다.

인간을 포함한 세상의 거의 모든 동물은 허기보다는 포만을, 피곤보다는 편안함을, 더러운 것보다 깨끗한 것을, 괴로운 것보다는 안락한 것을 찾는다.

누군가가 해야 하는 일이라면 내가 스스로 나시시 기꺼이 행할 때 길吉과 성聖이 찾아온다. 사람들은 은연중 길吉과 성聖이 있는 리더의 출현을 기대한다.

늘 배고픈 사마귀 螳螂 당랑

어쩌다 문득 풀숲에서 만난 사마귀는 역삼각형의 머리를 갸웃거리면서 머리 양쪽 모서리에 있는 두 눈으로 노려본다. 상대방이 계속 쳐다보면 자신도 긴 앞다리를 세우고 공격적인 자세를 취한다. 사마귀의 당돌하고 호전적인 이 기괴한 자세에 순간 섬뜩한 느낌마저 든다.

서양인들은 사마귀가 모자 달린 수사복을 입은 수사를 닮았다 하여 '기도하는 사마귀Praying Mantis'라는 성스러운 별칭을 붙였지만 사마귀는 호전적인 육식 곤충일 뿐이다.

생태학자인 이일구 박사는 사마귀의 어원이 '사마死魔의 귀신鬼神'에서 유래한 '사마귀死魔鬼'라고 하였다. 불교에서 사마는 남의 목숨을 빼앗고 세상을 파괴하는 악마를 말한다.

'버마재비'로도 불리는 사마귀는 뛰어난 사냥꾼이다. 강한 턱과 사람의 팔처럼 사용하는 긴 앞발에는 먹이가 도망갈 수 없도록 날카로운 가시가 달려 있다.

시력이 나빠 멀리 있는 것을 보지 못하는 약점은 먹잇감이 3 cm 이내로 접근할 때까지 기다렸다 가시가 달린 긴 앞발로 포옹하듯 움켜잡기까지 0.25초밖에 걸리지 않는 빠른 속도로 해결한다. 메뚜기가 걸리면 메뚜기가 점프하지 못하도록 긴 뒷다리부터 뜯어낸다. 자기보다 큰 매미는 가슴부터 뜯어먹는데 매미의 울음소리가 평소와 다르게 오그라들 때는 사마귀가 옆에 있다는 뜻이다.

연가시

———

사마귀가 해충을 잡아먹는 익충益蟲임에도 불구하고 사람들은 사마귀에게는 영 호감이 없다. 사마귀가 긴 앞 발을 휘두르며 먹이를 잡는 모습은 그로테스크함의 극치다. 강한 턱을 활용하여 살아 있는 곤충을 아작아작 먹는 모습은 다른 곤충보다 더 탐욕스럽고 야만적으로 보인다.

사마귀가 병적일 정도로 강한 식욕을 가진 이유는 무엇일까?

시골길을 걷다 보면 길 위에 배가 터져 죽은 사마귀를 볼 수 있다. 사마귀가 죽어 있는 바로 옆에는 볼펜 심보다 조금 가는 갈색의 '선충線蟲'을 볼 수 있다. '연가시'로 불리는 선충은 실 뱀처럼 생긴 기생충으로 미끌미끌한 액체를 온몸에 뒤집어쓰고 징그럽게 꿈틀거린다. 길이는 10cm가 족히 넘어 보인다.

선충은 사마귀 몸속에서 기생한다. 선충을 몸에 지닌 사마귀는 자신의 몸속에 기생하는 선충의 몫까지 먹어야 한다. 선충은 성장하여 가을이 되면 성충이 되는데, 성충이 된 선충은 사마귀 몸에 물이 닿으면 숙주인 사마귀의 항문을 통해 밖으로 나온다. 사마귀는 산고를 치르는 듯한 경련 끝에 선충이 빠지고 나면 한동안 기진맥진하다 등을 땅에 깔고 배를 하늘로 향한 후 생을 마감한다.

사마귀 배 속에 사는 연가시가 사마귀로 하여금 왕성한 식욕과 호전성을 갖게 하는 것이다. 사실 사마귀는 연가시의 노예로 살다가 연가시가 몸 밖으로 빠져나가면 적응을 하지 못하고 죽고 마는 것이다.

사실 우리도 사마귀처럼 연가시를 품고 살아간다.

불교에서는 일찍이 인간의 연가시로 세 가지 독毒인 '탐진치貪瞋癡'를 지목하였다. 탐貪은 욕심이고, 진瞋은 노여움, 치癡는 어리석음이다. 먼저 욕심은 집착, 의심과 분노, 질투를 낳는데 보통 자식血, 돈錢, 이성 문제色가 원인이다. 노여움은 자신을 태울 뿐만 아니라 폭력의 원인이 된다. 어리석음은 판단력을 부족하게 하여 작은 화禍도 큰 화禍로 만든다.

우리 마음속에 연가시가 있으면 많이 가져도 늘 허덕이고 다른 사람과 비교하는 불행한 삶을 살게 된다. 연가시의 노예가 되어 귀한 인생을 허비하는 일이 삶에서 일어나는 가장 큰 비극이다.

당랑거철螳螂拒轍

사마귀는 일찍이 중국 춘추시대에 사납게 보이는 두 앞발과 호전성으로 '당랑거철螳螂拒轍'이라는 성어의 주인공이 되었다. 춘추시대 제齊나라의 장공莊公이 수레를 타고 사냥을 하러 가는데 사마귀 한 마리가 다리를 들고 수레 앞으로 달려들어 수레를 막았다. 이를 본 장공이 부하에게 "용감한 벌레로구나 저 벌레의 이름이 무엇이냐?"라고 물었다.

"예, 저 벌레는 사마귀螳螂라고 하는데 나갈 줄만 알지 물러설 줄 모르고 늘 적에게 대항하는 놈이옵니다"라고 고하였다.

장공은 이 말을 듣고 "저 벌레가 사람이었다면 천하제일의 용장勇將이 되었겠구나"라며 그 용기에 감탄하고 수레를 뒤로 물러 사마귀를 피해서 갔다.

그 후 당랑거철은 자신의 분수를 모르고 무모하게 덤비는 행동을 표현하는 성어가 되었다.

초등학교 시절, 황산면 소재지의 초등학교를 두고 20리가 넘는 읍내의 초등학교에 다니는 친구들이 꽤 있었다. 급우들은 이 친구들을 '황산애들'이라고 불렀다. 황산애들은 읍내에 있는 초등학교를 다닌다는 자부심 때문에 지각이나 결석을 하지 않았다. 황산애들은 가끔 황산에서 나오는 찐쌀이나 고동 같은 것을 가지고 와서 급우들에게 나누어 주었다. 꽈배기, 쫀드기, 왕사탕, 센베 같은 것을 먹는 읍내 친구들은 황산애들에게 얻은 찐쌀을 오물거렸다.

2학기가 시작되면 황산애들은 먹거리에 볼거리를 하나 더 추가하여 급우들을 즐겁게 해주었다. 그 볼거리는 다름 아닌 '사마귀'였다.

사마귀는 어기적거리는 동작 때문에 민첩하지 못해서인지 등교로 바쁜 아이들 손에도 쉽게 잡힌 것 같다. 쉬는 시간 아이들에게 둘러 싸인 책상 위의 사마귀는 처음에는 어리둥절하다가 바로 공격적인 자세를 취한다.

사마귀의 건방진 태도에 아이들은 움찔하고 여자아이들은 사마귀가 무섭다며 호들갑을 떤다. 아이들과 사마귀 사이에 긴장감이 감도는 순간 수업 종이 울리면 사마귀를 다시 깡통에 담아 가방 안에 넣는다.

다음 쉬는 시간에는 손등에 사마귀가 많은 친구 한 명이 선발된다. 그 친구는 사마귀가 손등의 사마귀를 먹으면 손등의 사마귀가 다 없어진다는 말에 솔깃해 손등을 내민다. 손은 내밀었지만 사마귀가 징그럽고 무서운지 손등을 내밀다 거두다를 반복하다 급우들의 기세에 눌려 눈을 질끈 감고 손을 쭉 내민다. 아이들의 시선은 사마귀가 과연 같은 이름의 사마귀를 뜯어먹을 것인가에 집중된다.

사마귀는 친구의 손을 향해 힘차게 오는 듯하다가 멈추더니 본체만체한다. 다음 쉬는 시간에도 사마귀는 손등의 사마귀를 뜯어먹지 않는다. 아이들은 몸에 생긴 사마귀는 사마귀가 뜯어먹으면 없어진다는 오랜 믿음이 깨진 것에 실망스러워한다.

학교가 파할 무렵이 되면 잡혀 온 사마귀는 아이들에게 시달려 기진맥진해 한다. 아이들도 호전성을 잃어버린 사마귀 장난감에는 더이상 관심이 없다.

운이 좋은 사마귀는 누군가의 손으로 창밖으로 던져진다. 내던져진 사마귀가 궁금하여 던져졌을 자리를 살펴보지만, 사마귀는 더이상 보이지 않는다.

사마귀와 인간의 본성
———

사마귀는 괴기한 모습에 어울리는 독특한 짝짓기를 한다.

사마귀는 짝짓기 중에 암컷이 수컷을 잡아먹는다. 진인히게도 암컷은 수컷의 머리부터 뜯어먹기 시작한다. 수컷은 머리를 뜯어 먹혀가면서도 열심히 짝짓기를 한다. 성욕을 통제하는 역할을 하는 머리가 없어졌기 때문이다. 수컷은 머리까지 뜯기면서 씨를 뿌리지만 암컷은 개의치 않고 그 수컷을 여지없이 먹어 치운다. 독한 팜므파탈 Femme fatale ●이다. 암컷에게 수컷은 번식을 위한 영양분일 뿐이다.

사마귀의 일생을 보면 슬픔과 연민, 그리고 희생의 고결함마저 느끼게 된다. 다만 사마귀의 괴기한 모습은 이러한 감정을 조금 감하게 한다. 인간은 슬픔도 아름다움과 어우러지기를 바라는 묘한 심리가 있기 때문일 것이다.

인간의 본성 역시 사마귀 못지않게 잔인한 면을 가지고 있다. 인간은 사마귀보다 합리적이고 이해타산적이지만 사실 알고 보면 썩 그렇지도 않다.

인간은 두려운 존재에게는 잘하지만, 자신을 아껴주는 분에게는 함부로 대하기도 한다. 때로는 해를 끼치기도 한다. 시집간 딸은 시어머니를 두려워하고 꺼리지만, 친정어머니에게는 편하게 대하기도 하고 가끔은 말도 함부로 한다.

인간은 따뜻하게 대해준 직장 상사를 훗날 쉽게 잊어버리지만 자신에게 가혹했던 상사는 쉽게 잊지 못한다. 때로는 그리워하기도 한다.

감옥에서 자신을 조롱하고 학대한 간수가 출소하기 사흘 전 사 준

● 프랑스어로 여성을 의미하는 '팜므'와 운명적이라는 의미의 '파탈'이 결합된 말이다. 거부할 수 없는 관능적 매력과 아름다움으로 남성을 유혹해 죽음이나 고통으로 몰아넣는 숙명의 여인이라는 심리사회학 용어이다. 간단히 '요부'라는 말로 번역되기도 한다. Definition by Merriam-Webster 참고

짬뽕 국물의 매운맛을 출소한 후에도 그리워하고 짬뽕을 사 주었던 간수를 두고두고 고맙게 생각한다.

이러한 인간의 속성을 깊숙이 파악한 마키아벨리가 일찍이 이런 말을 했다.

"두려움은 항상 효과적이다. 어정쩡하게 민주적으로 하지 말고 확실하게 짓누르는 것이 훨씬 효과적이다. 다만, 한 가지 특별히 조심해야 할 점이 있다. 남의 재산과 부녀자에 손을 대서는 안 된다. 인간은 부모의 죽음은 쉽게 잊어도 재산의 상실은 좀처럼 쉽게 잊지 못하기 때문이다"●

전후좌우를 보는 눈

———

중국 영화 중에 꽤 인기를 끌었던 '당랑권螳螂拳'이 있다. 당랑권은 17세기 청淸나라 때 만들어진 권법으로 사마귀가 매미를 잡아먹는 '당랑포선螳螂捕蟬'의 자세에서 출발하였다.

당랑권은 근접전에 유용한 권법으로 손을 쓰는 수법手法과 발을 쓰는 보법步法이 있다. 수법은 사마귀가 매미를 잡을 때 앞발을 사용하는 모습을 모방하여 급소를 빠르게 공격하는 방법이고 보법은 원

● Chapter 17, The Prince by Niccolo Machiavelli

숭이가 발을 교차하면서 걷는 모양을 기본으로 하여 상대의 공격을 흘려버리는 것으로 원후보법猿猴步法이라고 한다.

하북성河北省의 곽원갑霍元甲과 광동성廣東省의 황비홍黃飛鴻은 당랑권을 체계화시킨 대표적인 인물들이다.

당랑권은 중국 산동성山東省에서 출발하여 중국을 떠나는 화교들을 따라 대만과 동남아를 거쳐 세계로 전파되었다. 나라가 어수선하여 낯선 외국으로 떠나는 사람들은 자신들의 신변안전을 위해 모국의 무술을 배운다. 외국 현지에도 모국의 무술을 가르치는 도장이 생긴다. 과거 우리도 미국으로 이민을 많이 가던 시절, 미국의 소도시에서도 태권도장을 심심치 않게 볼 수 있었다.

'당랑포선, 황작재후螳螂捕蟬, 黃雀在後' 라는 말이 있다. 사마귀가 매미를 잡으려 노리고 있지만, 사실은 사마귀 뒤에는 참새가 있다는 말로 눈앞의 이익에 정신이 팔려 자신이 죽는지도 모르고 있다는 뜻이다. 순간적인 감정과 지엽적인 이익에 흔들리지 말고 앞과 뒤를 다 보라는 뜻이 담겨 있다.

만약 조직의 장이 전후좌우前後左右를 보는 눈이 없다면 그는 아직 '사고의 틀'이 잡히지 않았다고 보아야 한다. 전후前後란 역사 인식이고, 좌우左右는 상황 인식이다. '사고의 틀'이 잡히지 않으면, 앞뒤가 안 맞는 말을 횡설수설 뇌까리고 가끔은 독백조로 천한 욕설을 하기도 한다. 자신의 사소한 감정 변화에 일일이 반응을 보이기도 한다. 이러한 현상은 오랜 기간 누적된 식견 부족, 안일한 인식, 교양

결핍이 원인이다.

이런 조직의 우두머리가 조직을 장악하는 수단은 의심과 징계이다. 가끔은 인기를 얻기 위해 선심을 쓰기도 한다.

이런 조직은 머지않아 품위와 신뢰의 문제에 봉착한다. 조직 내에는 보이지 않는 병 기운이 서서히 스며든다. 종국에는 조직 전체에 '그럼 나는 뭐야?'라는 식의 아이덴티티Identity 위기가 발생한다.

03

재주가 많은 땅강아지 螻蛄 누고

수년 전까지 흔하게 보이다가 지금은 모습을 감추었거나 뜸하게 보이는 동물은 한둘이 아니다. 그중에서도 추녀 밑에 둥지를 틀고 우리와 늘 가까이 지내던 제비와 밤에 빛을 쫓아 달려들던 땅강아지가 모습을 감춘 것은 안타깝고 아쉽기만 하다.

시골에서 여름철 평상에 앉아 저녁식사를 할 때면 토마토 밭에서 기어나온 땅강아지가 '나도 좀 끼워 줘라'는 듯 몸을 좌우로 흔들며 가까이 다가왔다. 땅강아지는 독이 없는 야행성 곤충이라 아이들이 장난감처럼 가지고 놀기도 하였다.

늘 우리 주변에 있던 땅강아지가 모습을 감춘 것은 '땅'이 없어졌기 때문이다. 온통 아스팔트와 콘크리트 바닥인 도회지에서 땅강아지를 찾는 것 자체가 연목구어緣木求魚●가 되어 버렸다.

땅강아지와의 소중한 인연이 있었기에 땅강아지가 더 보고 싶었다. 면 소재 초등학교에서 마지막 중학교 입학시험을 치르고 읍에 있는 중학교에 입학한 후, 다시 마지막 고등학교 입시를 치르고 서울에 있는 고등학교에 입학하였다.

농촌의 자연 속에서 살던 나에게 삭막하고 팍팍한 서울 생활은 스트레스의 연속이었다. 위장병과 불면증에까지 시달리게 되었다. 아버지는 잘 본다는 의사를 수소문하여 진찰도 받게 하셨지만 의사들도 답을 찾지 못하였다. 모든 것을 피하고 포기하고 싶었다.

고등학교 3학년 초, 어느 날 학교를 휴학하고 무작정 집으로 내려왔다. 처음엔 살 것만 같았다. 풀이 움트는 야산, 논길 사이를 흐르는 작은 물길, 막히는 곳 없이 불어오는 시원한 바람… 시간이 지나자 다른 불안이 엄습했다.

낙오자가 되어버렸다는 생각이 또 다른 스트레스로 자리를 잡았다. 마음을 둘 데 없는 내가 할 수 있는 것은 고향의 논두렁 길과 밭길을 정처 없이 걷다 해 질 무렵 집에 돌아오는 것이었다.

우울하고 지친 몸으로 집에 돌아와 저녁식사를 하려고 불을 켜면 밭에서 양 앞발을 힘차게 제치며 기어 나온 땅강아지들과 조우를 하곤 했다. 땅속을 헤엄치다 기어나와 거리낌 없이 사람에게 다가

● 연목구어(緣木求魚): 나무에서 물고기를 찾는다는 뜻으로 불가능한 것을 시도하는 어리석음을 경계하는 맹자의 말

와 강아지 같은 발랄함을 보여주는 땅강아지를 볼 때면 누가 작명했는지 몰라도 '땅강아지●'라는 이름은 일품이라는 생각을 해보기도 하였다.

미래에 대한 불안 때문에 우울한 휴학생과 온몸에 즐거움을 담고 있는 땅강아지와의 만남은 가을이 깊어질 때까지 계속되었다. 땅강아지가 유일한 친구라는 생각이 들 정도였다.

땅강아지를 잡아 아래에서 위로 보기도 하고 책상 위에 놓고 기는 모습을 관찰하기도 했다. 확대경으로 살펴보기도 했다. 확대경으로 보니 온몸이 강아지처럼 부드러운 털로 덮혀 있다. 삽날처럼 생긴 종아리는 넓적하고 튼튼하다. 듬직한 모습이다. 땅강아지가 몸을 세워 땅을 파는 솜씨는 보통이 아니다.

땅강아지를 집어 들면 땅강아지는 검고 반짝이는 눈동자로 나를 바라본다. 땅강아지의 검은 눈에는 나에 대한 호기심이 잔뜩 담겨 있다. 나도 땅강아지를 마주 바라본다.

다른 곤충들로부터는 느낄 수 없는 교감이다. 땅강아지는 약지 손가락보다 한 마디 정도가 작은 크기이지만 눈에 담긴 기氣만큼은 대단하다. 땅강아지와 눈을 마주치며 알게 모르게 땅강아지의 기를 받기 시작하였다.

땅강아지의 힘이 나에게 전달되었는지 우울증에서 벗어나기 시

● 중국 일부 지방에서는 땅강아지를 '토구자(土狗子)'라고 부른다. 토구자의 의미는 한국어와 같은 '땅강아지'이다.

작했다. 일상의 불안감도 차츰 사라졌고 원기가 회복되면서 다시 공부할 각오를 다졌다.

땅강아지 덕에 고갈되어 가던 기운이 심신에 채워지기 시작한 것이다. 세상에는 천기天氣만 있는 것이 아니라 지기地氣도 있다는 것을 그때 충분히 깨달았다.

누고재螻蛄才
——

세월이 흘러 그립던 땅강아지와 다시 상면하게 된 것은 얼마 전 주말농장을 하는 친구가 땅강아지가 자주 보인다고 하여 놀랍고 반가운 마음으로 찾아갔을 때다.

땅강아지 한 마리를 발견하여 손으로 짚어보니 예나 지금이나 미는 힘이 여간 아니었다. 땅강아지가 멀쩡하게 살아 있던 것이다.

갈색의 땅강아지는 3cm 남짓 되는 곤충이지만 생김새와 땅 파는 재주는 설치류인 두더지를 닮았다. 땅강아지의 몸은 두더지처럼 굵고 앞다리는 땅을 파기 좋게 발달되어 있다. 몸에는 털이 나 있어 흙이 몸에 바로 달라붙지 않는다.

축축한 모래 속에서도 살고 밭에서도 산다. 평소 굴을 파고 사는데 가끔은 땅 위로 기어나오기도 한다. 땅 위로 나와 '삐이——'라는 긴 소리를 내기도 하는데 주로 수컷의 구애 소리이다. 암컷은 '삐'하고 짧은 소리로 승낙을 한다.

땅강아지의 주특기는 무엇보다 '땅 파기'이다. 삽처럼 생긴 넓적한 앞다리로 재빠르게 땅을 판다. 이 앞다리는 주로 땅을 파거나 헤엄을 칠 때 사용한다.

땅강아지는 보통 20cm 정도 땅을 파고 들어간다. 땅강아지의 몸이 3cm 정도이니 몸길이의 예닐곱 배 깊이로 파는 셈이다. 땅강아지도 다른 곤충처럼 땅속에 알을 낳고 유충 상태로 겨울을 난다는 점까지 감안한다면 그 정도 파는 것은 그리 깊이 파는 것은 아닐 것이다.

야행성인 땅강아지는 잡식성으로 건조한 땅보다는 눅눅한 땅을 좋아한다. 땅강아지가 잡식성이다 보니 지렁이는 물론 식물의 뿌리, 무, 감자, 땅콩을 먹어 치워 농부들의 입장에서는 골칫거리이기도 하지만 흙을 여기저기 파고 다니면서 땅속에 산소를 공급하여 미생물이 잘 살도록 하고 땅속에 빗물이 잘 스미게 하는 역할도 한다. 땅강아지가 알게 모르게 토양의 질을 좋게 하고 있는 것이다.

땅강아지는 땅 밖으로 나와도 헤엄치듯 분주히 기어다닌다. 땅강아지의 이런 분주하고 왕성한 움직임 때문에 힘이 세고 공격성이 강한 가물치나 뱀장어 낚시에는 땅강아지를 최고의 미끼로 친다.

한방에서는 땅강아지를 누고螻蛄라고 부른다.《동의보감東醫寶鑑》에는 봄부터 가을 사이에 잡은 땅강아지를 끓는 물에 데친 후 건조시켜 달여 마시면 소화기나 비뇨기를 치료하는 효과가 있다고 하였다. 땅강아지는 세계적으로 50종 정도가 분포되어 있으며, 주로 열대지방에 사는데 한국에는 단 한 종만이 산다.

땅강아지를 영어로는 'Mole cricket'이라고 한다. Mole은 두더지, Cricket는 귀뚜라미다. 사실 땅강아지는 두더지의 땅 파는 재주와 귀뚜라미의 생김새를 동시에 가지고 있다. 땅강아지에게는 땅 파는 재주만 있는 것은 아니다. 다른 재주도 많다. 날기도 하고, 기어오를 줄도 알고, 물통 속에 넣어보면 앞발을 움직이며 헤엄도 친다.

그런 땅강아지의 다양한 재주를 가리키는 '누고재螻蛄才'라는 말이 있다. '누고재'는 땅강아지가 이것저것 재주는 많지만 '딱 부러지는 하나'가 없다는 뜻이다. '조금씩 다할 수 있다'는 말은 결국 '핵심 역량Core Competence이 없다'는 말이 된다.

누고재와 비슷한 뜻으로 '오서오능鼯鼠五能'이 있다. 날다람쥐인 '오서鼯鼠'도 능력이 다섯 가지五能나 있지만 모두 시원치 않다. 즉, 비상할 수는 있지만 지붕도 넘지 못하고, 나무를 타도 끝까지 못 올라가며, 헤엄도 치지만 조그만 골짜기조차 건너지 못하고, 땅을 파도 제 몸 하나 제대로 감추지 못한다. 달릴 줄은 알지만 사람이 걷는 것조차 앞지르지 못한다. 팔방미인처럼 이것저것 재주는 많지만 하나도 제대로 하는 것이 없어 결국은 끼니 갈망도 못한다는 의미와 비슷하다.

누구나 자신이 살아온 과정을 곰곰이 돌이켜 보면 뚜렷한 핵심 역량이 없이 땅강아지가 얕은 재주로 용케 살아나가듯 그럭저럭 살아온 느낌이 들 수도 있을 것이다.

그렇지만 크게 걱정할 필요는 없다. 자기에게 부족한 것은 듣고 배우며 '우수한' 다른 사람과 협동하여 보충할 수 있기 때문이다.

루의지혈螻蟻之穴

세상사는 쉽게 이해가 되는 일도 있지만, 시간이 한참 지나야 겨우 알 수 있는 것도 있고, 아무리 알려고 해도 도무지 이해가 안 가는 일도 있다. 세상사를 이해하는 데는 하나의 법칙만 적용되는 것이 아니기 때문이다.

흔히 세상사는 세 가지 법칙이 적용된다고 이야기한다. '인과因果의 법칙', '삼현일장三顯一藏의 법칙', '물극필반物極必反의 법칙'이 그것이다.

첫 번째 법칙인 '인과의 법칙'을 설명할 때 단골로 등장하는 것이 땅강아지이다.

'큰 제방도 땅강아지와 개미가 판 구멍 때문에 무너진다'는 의미의 성어 '루의지혈螻蟻之穴'은 인과의 법칙을 설명하는 말이다. 땅강아지와 개미가 구멍을 팠기 때문에 제방이 무너진 것이다. 구멍을

판 것은 인因, 제방이 무너진 것은 과果이다.

멀쩡하게 보이는 제방을 수시로 점검하는 것을 쓸데없는 일이라고 생각할 수도 있다. 어제까지 멀쩡한 제방이 오늘 느닷없이 무너지지는 않기 때문이다. 다만, 멀쩡하게 보이기는 했지만 멀쩡하지 않았다면 문제이다. 보통 큰 문제는 감추어져 있다.

'세 가지는 드러나지만 한 가지는 보이지 않을 수도 있다'는 뜻으로 '삼현일장三顯一藏'이라는 말이 있다. 나무도 부피의 4분의 1을 차지하는 뿌리는 땅속에 있듯 계절에서도 4분의 1을 차지하는 겨울에는 모든 작물이 밖으로 모습을 드러내지 않는다.

세상일은 처음부터 끝까지 동일한 상태로 유지되는 것은 아니다. 무엇이든 극에 달하면 반드시 반전이 일어난다. '물극필반物極必反'의 법칙이다. 세상에 있는 아무리 긴 터널도 그 끝이 있고 그 끝에는 반드시 빛이 있다. 마찬가지로 빛도 길어지면 어두움이 찾아온다. 시간이 지나면 모든 것이 바뀌고 반전이 일어난다. 속담에도 '10년이면 강산도 변한다'는 말이 있다. 좋게도 나쁘게도 해석할 수 있는 말이다.

제방을 무너뜨린 것은 땅강아지와 개미이지만 '물극필반'의 법칙에서 보면 오랜 세월이 지나면 아무리 튼튼한 제방이나 도로도 낡거나 무너질 수 있다. 루의지혈도 제방을 무너뜨리는 이유 중 하나에 불과하다. 애꿎은 땅강아지나 개미에게 모든 잘못을 다 물을 수는 없다.

정서적 자산

———

최근 반려동물을 키우는 분들이 점점 늘고 있다. 곳곳에 동물병원이 보이고 과거 미국 텔레비전에서 광고하던 반려동물의 사료 광고를 우리나라 텔레비전에서도 볼 수 있다. 사료 성분에는 쇠고기도 들어 있다. 반려동물 사료를 생산하는 회사의 주식이 몇 년째 꾸준한 상승세이니 사 보라는 권유를 받기도 한다.

요즘 개들은 12,000년 전 인간과 친구가 되기 시작한 이래 부모가 된 주인의 보호 속에 최고의 호사를 누리며 살고 있다.

네 짝의 신발을 신은 강아지가 목줄에 묶인 채 주인의 눈치를 보며 굴곡 없는 장판 위를 엉금엉금 걷는 모습을 보면 강아지에게 그 옛날 광야에서 울부짖던 야성이 미량이라도 남아 있는지 의문이다. 강아지들은 길거리 곳곳에 있는 동물 병원에서 예방주사도 맞고 치료도 받지만 성대 수술도 받고 때로는 불임 수술까지 받아야 한다. 그들은 '애완'을 목적으로 한 '인간 의존적' 삶을 살아가고 있는 것이다.

원래 강아지는 '인간 친화적'인 동물로 귀엽고 발랄함의 대명사였다. 시골 땅에서 크는 강아지에게는 깡충깡충 뛰는 모습만으로도 경쾌함이 느껴진다.

　도시에서 크는 강아지들에게도 가끔은 땅의 기운을 느끼게 해주고 싶다. 자연 속에 스치는 한 줄기의 바람이 소중하듯, 강아지가 경쾌하게 뛰는 모습도, 땅강아지가 박력 있게 휘젓는 모습도 모두 놓치지 말아야 할 우리 모두의 훌륭한 정서적 자산이다.

04

절하는 방아깨비 大尖头蝗 대첨두황

방아깨비는 균형 잡히지 않은 엉성한 생김새와 위협적이지 않은 행동으로 유독 친근하게 느껴지는 곤충이다. 사마귀나 메뚜기와도 닮았지만 사마귀의 독살스러움과 메뚜기의 경쾌함이 빠져 있는 이도 저도 아닌 것이 방아깨비의 매력이다.

음식의 맛이 이도 저도 아닐 때 어미맛도 아비맛도 없다고 한다. 방아깨비가 딱 그렇다.

'왕치'로도 불리는 방아깨비의 몸은 원통형으로 길고 뾰족한 머리가 앞으로 돌출되어 있다. 중국에서는 방아깨비를 '크고 뾰족한 머리를 가진 메뚜기'라는 뜻으로 '대첨두황大尖头蝗'이라고 부른다.

방아깨비는 녹색을 띠는 전형적인 가을 곤충으로 보통 자신이 출생한 곳에서 멀지 않은 곳에서 초식을 하면서 산다. 주로 볏과 식물인 강아지풀을 먹는다. 방아깨비는 행동이 굼떠서 아이들도 쉽게 잡을 수 있다. 수풀을 제치면 놀란 방아깨비가 당황하여 허둥대다가 도망을 가지만 무성한 수풀이 방아깨비의 진로를 방해하여 곧 붙들리고 만다.

암컷은 가을 서리가 내릴 무렵 흙에 산란관을 박고 알을 낳는다. 흙에서 월동한 알은 초여름에 부화한 후 유충으로 태어나 번데기 시기를 거치지 않고 탈피만 몇 차례 한 후 여름에 성체가 된다. 방아깨비는 다른 메뚜깃과 곤충처럼 한해살이로 번데기 과정이 없는 불완전 변태를 한다.

방어 무기는 보호색뿐
——

방아깨비의 머리 정수리 부분에는 겹눈이 튀어나와 있지만 잠자리처럼 눈으로 사방을 다 볼 수도 없는 데다 잠자리 몸처럼 가볍지도 않아 적을 빨리 피할 수도 없다.

방아깨비가 속한 메뚜깃과 곤충은 방어 무기가 전혀 없어 보호색에 의존할 수밖에 없다. 늦가을이 되어 풀이 갈색으로 변하면 몸 색깔도 갈색을 띤다. 산불이 자주 났던 곳에서는 갈색 무늬가 많은 방아깨비가 보인다고 한다.

방아깨비는 사람이나 천적에게 잡히는 경우에는 입으로 독성물질인 창자액을 뱉기도 한다. 손으로 쥘 때 묻는 검은 액체가 창자액이다. 방아깨비는 도마뱀이 스스로 꼬리를 자르고 도망가듯 스스로 다리를 자르고 도망가는 '단지자구斷肢自救'를 하기도 한다.

방아깨비 역시 다른 곤충처럼 수컷이 암컷보다 몸집이 작다. 몸이 가벼운 수컷보다 몸집이 크고 동작이 굼뜬 암컷이 주로 잡힌다. 짝짓기를 할 때의 모습은 어미가 새끼를 업은 모습이다.

수컷은 위험할 때 '때 때 때대댁' 날개 소리를 내는 통에 '때때기'라는 별명을 얻었다. 때때기는 몸집이 작아 방아깨비의 아류로 혼동하기 쉽지만 엄연히 몸집이 큰 암컷의 지아비이다.

어릴 적 '때때기'로 불린 친구가 있었다. 그 친구는 몸집은 작고 말랐지만 남들이 '도레미파'의 톤으로 말할 때 자신은 '솔라시도'로 말을 하면서 이 반 저 반을 돌아다니며 떠들고 다녔지만 친구의 뒷말을 하거나 음해를 하지 않는 '귀여운 때때기'였다.

자기주장을 할 때 목소리 톤을 높이고 빠르게 말을 하는 사람들을 가리켜 '때때기처럼 말한다'고 했는데 그 시절에는 '때때기'라고 불리는 분들이 어디를 가나 꼭 있었다. 옛날 '때때기'들은 동네에 소식을 전파하고 동네 여론의 향방을 움직이는데 그쳤다면 현대판 '때때기'들은 선거 판을 움직이고 제품의 품질을 오도하고 자신이 싫어하는 인물을 매장시키는 일을 서슴지 않는다. 공의로운 '때때기'가 많은 세상이 밝은 미래가 있는 세상이다.

왕치 어른

방아깨비의 긴 몸뚱이와 튀어나온 머리, 유난히 긴 뒷다리의 불균형은 우리에게 선한 친근감을 준다. 게다가 느리고, 무던하고, 독성이 없는 방아깨비는 가지고 놀기 좋은 곤충이다.

굼뜬 방아깨비를 보면 평생 나쁜 마음조차 품어 본 적이 없을 것 같은 선자善者의 모습이다. 구한말 사진에 나오는 상투 튼 우리 할아버지들의 선한 모습이 느껴진다.

방아깨비가 사람에게 발견될 때 풀숲 사이로 달아나려는 어설픈 모습은 다른 곤충들이 보여주는 기민하고 신경질적인 반응과는 사뭇 다르다.

시골에서는 선하고 욕심 없는 어른을 '왕치같은 어른'이라고 하였다. 그때는 '왕치같은'이란 말은 '선한 무능력자'라는 뜻으로 들렸다. 왕치 어른을 만나 인사를 하면 자신도 고개를 살짝 숙이며 선하게 웃는다. 소매 춤에서 사탕을 꺼내서 주시기도 하였다. 별다른 말씀도 없으셨다. "밥 먹었냐?" 정도가 다였다.

지금 돌이켜 보면 선한 무능력사 왕치 어른은 학도병에 끌려갔고, 전쟁을 겪고, 억울한 고문도 당한 분들이다. 그분들은 좌절 속에 청춘을 보냈고, 많이 배우지 못해 고된 노동으로, 가벼운 월급으로 노부모와 처자식을 먹여 살린 분들이다. 그 숱한 어려움을 겪고도 그런 맑고 편안한 표정이 어디서 나오는지 놀라울 따름이다.

인간사를 보아도 급하면 그르치기 쉽고, 야박野薄하면 미움이 생기고, 독하게 굴면 없던 적도 생기는 법이다.

방아깨비가 메시지를 전한다. 약간 느리고 후덕하면 '인자무적仁者無敵'의 평화로운 삶을 살 수 있다고. 언제부턴가 우리 사회의 젊은 이들은 '경쟁력' 있는 인재가 되기 위해 눈에 힘을 주어 비전 있는 인재처럼 보이려고 노력하고, 좋은 스펙을 쌓기 위해 늘 긴장한 상태로 동분서주하고 있다. 이런 경쟁사회에서는 넋을 놓고 있다가 도태되고 내 몫까지 빼앗길지 모르지만 사실 승자가 가르쳐 주는 친절한 조언조차 실천하기 벅차다.

누구나 팽팽한 긴장 속에 하루하루 내몰리는 생활을 계속하고 싶지는 않을 것이다. 조금은 느긋하게 때로는 포기한 듯 사는 것도 자신의 심신에 예의를 갖추는 삶이다. 우선 나 자신이 편해야 남에게도 잘할 수 있다. 지금은 왕치 어른들의 소박하고 너그러운 인품이 그립기만 하다.

저출산과 방아깨비

방아깨비의 긴 뒷다리를 쥐고 있으면 방아를 찧는 것처럼, 절을 하는 것처럼 밑도 끝도 없이 계속 끄덕거린다. 방아깨비의 이런 동작은 탈출하기 위한 필사의 몸부림이지만 사람들은 방아깨비가 방아를 찧거나 절을 한다고 신기해하고 기특하게 생각했다. 방아깨비는 뒷다리의 힘이 제법 세서 조금만 느슨하게 잡아도 금방 튀어 나간다.

방아깨비의 긴 뒷다리를 잡으면 방아깨비가 절구 방아를 찧는 것 같은 모습을 신기하게 생각한 아이들은 "꽁꽁 찧어라, 아침 방아 찧어라, 저녁 방아 찧어라~ 꽁꽁 찧어라, 앞집 방아 찧어라, 뒷집 방아 찧어라"라고 노래를 부르며 누구의 방아깨비가 더 오래 방아를 찧는지를 겨루어 보기도 했다.

도정기가 없던 시절, 나락의 껍질을 벗기는 방아 찧기는 여간 힘든 일이 아니었다. 돌절구에 나락을 넣고 무거운 절굿공이로 내려치는 절구 방아나 사람의 발로 밟는 디딜방아는 가정에서 소량의 곡물 껍질을 벗길 때 사용하였고 양이 많은 곡물은 흐르는 물이 떨어질 때 생기는 힘을 이용한 물레방아나 마소의 힘으로 움직이는 연자방아를 이용하였다. 온전히 사람의 힘에 의지하는 절구 방아나 디딜방아는 연약한 여인들이 감내해야 할 일상이었다.

이 노래의 시작은 알 수 없지만, 할머니나 어머니가 매일 방아를 찧어야 하는 중노동을 방아깨비에게 대신해 달라고 간절히 부탁하는 것 같아 마음이 애잔해진다. 자식이나 손자가 이 노래를 불러 주는 것만으로도 방아를 찧는 당사자들은 힘이 났을 것이다.

이 노래를 부르며 어린 시절을 보낸 1932년생이신 나의 모친이 전한다. 아이들은 방아깨비에게 옆집 방아, 앞집 방아도 찧어 달라고 하지만 우리 집 방아를 찧어 달라고 하지는 않았다고.

방아깨비를 통해 농경민족의 두레 정신이 느껴진다.

다산을 의미하는 방아깨비 노래가 가르쳐 준 두레 정신을 다시 한 번 생각해 보아야 한다. 저출산의 이유는 아이를 낳아 키우는 과정에 돈이 들고 손도 많이 가기 때문이다. 직업을 가진 엄마는 아이를 어디에 두어도 편치 않다. 신생아를 '돌봄이모'에게 맡겨도 월급에 가까운 돈을 지불해야 하고 아이가 잘 있는지 불안하여 감시카메라까지 설치하여 아이의 상태를 직장에서도 휴대전화로 확인한다. 그러다 직장을 그만두거나 둘째 아이 갖는 것을 포기하게 된다. '아이는 경제적 열등재Children are economic inferior goods'라는 잔인한 경제학 용어가 현실이 된 것이다.

방아깨비가 앞집과 뒷집 방아를 찧듯 엄마가 일하는 직장도, 동네 커뮤니티도 함께 나서서 앞집 아이도 뒷집 아이도 맡아 키워주어야 한다. 국가나 지방자치단체 모두 육아에 적합한 인성을 가진 '돌봄 선생님'을 찾아 고급화 전문화하는 노력도 필요하다. 우리의 후손이 곧 우리의 미래이다. 더 많은 후손들이 오늘보다 더 풍요로운 자연 속에서 서로 우애하는 공존의 삶을 사는 내일을 기대해 본다.

PART 3

지상에 사는
충선생

虫 · 선 · 생

01

의리의 개미蟪蟻 마의

가난과 배고픔의 그림자가 남아 있던 시절 아이들은 먼 옛날 고대 그리스의 우화 '개미와 베짱이 이야기'까지 배우며 근면과 성실의 중요성을 깨우쳤다.

"여러분 개미처럼 일해야 겨울을 배고프지 않게 지낼 수 있어요. 베짱이처럼 나무 그늘에서 '띵까띵까' 노래만 부르고 놀다가는 겨울이 되면 개미네 집에 가서 먹을 것을 구걸하는 신세가 됩니다. 알겠죠?"

교과서에는 이해하기 쉽도록 누더기를 걸치고 추위에 떨며 개미에게 먹을 것을 구걸하는 베짱이의 얼굴과 느긋한 개미의 얼굴이 극적으로 대조를 이룬 삽화까지 그려져 있었다. 그 삽화는 지금도 머릿속에 생생하게 저장되어 있다.

어릴 적 받은 교육의 힘은 평생 간다. 고달파도 개미처럼 살자. 허리를 굽히고 개미에게 아쉬운 소리를 하는 베짱이처럼 살지는 말자. 지금도 가끔 늦잠을 잘까 봐 새벽녘에 벌떡 일어나는 강박관념은 개미처럼 살라는 교육 때문이다.

그 시절 무료한 여름 낮 아무도 같이 놀 사람이 없을 때면 토방 위의 개미들의 모습을 보면서 시간을 보냈다. 머리가 조금 굵어지고 나서는 개미가 겨울철에 굶지 않을지는 몰라도 일생 일만 하다 죽고 마는 답답한 존재라는 서툰 생각을 해보기도 했다.

더 높이 더 멀리 날아 꿈을 이루라는 교육을 받은 나는 시간이 지나면서 바뀌어 갔지만 개미 가족의 출애굽.행렬은 그때나 지금이나 변함없이 계속되고 있다.

일개미가 먹이를 물고 좁은 굴로 내려가는 모습은 깊고 어두운 일본 홋카이도의 '유바리 탄광'의 갱도로 들어가는 우리 젊은이들의 마른 어깻죽지와 루르 탄광의 깊은 갱도를 힘겹게 내려가는 파독 광부들이 연상되어 애처롭고 처연하게 보인다.

지난 일요일 아침, 부지런한 개미 가족이 담벼락 밑을 분주히 이동하는 모습에 나도 모르게 가던 길을 멈추었다. 휴대진화를 꺼내 사진도 찍어보지만 작은 개미를 담다 보니 생각보다 사진이 잘 나오지 않는다.

처음에는 잠시만 보고 간다는 것이 나중엔 쪼그리고 앉게 된다.

개미가 자신의 몸집보다 세 배쯤 커 보이는 식량을 이고 지고 나르며 고군분투하는 모습이 신통하기도 안쓰럽기도 하다.

개미의 우리말 어원으로는 '개야미'를 비롯하여 여러 가지를 이야기한다. 다만 개미들이 꼬리에 꼬리를 물고 일렬로 가는 모습을 보면 '각각의 꼬리'라는 뜻으로 개미個尾라는 조어를 떠올려 본다.

'개미가 이사 가면 비가 온다'는 말이 생각나 허리를 펴고 하늘을 바라보니 진회색 구름이 낮게 드리워져 있고 후덥지근한 것이 아닌 게 아니라 비가 올 태세다. 내일을 위해 줄을 지어 어디론가 분주히 가고 있는 개미 가족이 준 정겨움과 기쁨에 감사하며 가던 길을 재촉한다.

사랑의 당부를 담은 성경의 잠언에 나오는 말이 떠오른다. '게으른 자여 개미에게 가서 그가 하는 것을 보고 지혜를 얻으라… 개미는 감독자나 통치자가 없어도 여름에 양식을 예비하여 때가 되면 그 양식을 수확한다'

개미와 차원

———

그 시절 개미 행렬에 대한 호기심은 계속되었다. 한번은 원두막이 있는 친구 집에서 돌아오다가 아주 긴 개미 행렬을 보게 되었다.

자세히 보니 개미 행렬은 무성한 잡풀 속에 숨겨져 있는 개미굴을 향하고 있었다.

저렇게 많은 개미가 어떻게 저 좁은 굴로 들어가지?

나뭇잎 부스러기를 물고 가기도 하고, 심지어 사마귀 사체까지도 여럿이 나누어 물고 간다. 개미굴 앞에서 웅성거리는 개미들의 모습은 대목을 앞두고 웅성거리는 장터 입구의 모습같다.

개미들을 보던 중 멀리서 농업용수 펌프질하는 소리가 들리는가 싶더니 얼마 후 물이 작은 천을 이루어 개미굴로 방향을 잡는다. 열심히 먹이를 나르던 개미들은 위에서 흘러내려 오는 물에 몸이 적셔지자 황급히 몸을 빼려 하지만 휩쓸려가고 만다. 개미굴에서 나오던 개미들까지 어쩔 줄 몰라 한다.

날개가 없어 2차원의 면面의 세계에서 활동하는 일개미로서는 물이 위에서 떨어지면 자신들의 거처가 수몰될 수 있다는 것을 알 길이 없다.

1차원인 선線의 세계에서 사는 굼벵이, 두더지, 지렁이는 앞뒤로 이동은 할 수 있지만, 장애물이 나타나면 전진을 하지는 못한다. 1차원에 사는 지렁이가 2차원에 사는 개미와 함께 있다가 개미가 장애물을 타고 올라가면 지렁이에게는 개미가 갑자기 '펑!'하고 사라진 것이 된다. 사신보다 저 차원에 사는 동물에게 한 차원 높은 동물은 '신'과 같은 존재가 된다.

개미 한 마리를 들어서 동료들과 떨어진 곳에 내려 놓았다 치자. 개미가 공중에 들어 올려진 순간, 동료 개미들에게는 친구 개미가 갑자기 사라진 것이 된다. 땅에 놓인 개미는 다시 2차원을 인식하고 자신이 살던 집으로 되돌아온다.

어릴 적, 개미를 내려다보며 개미의 길을 막기도 하고 개미를 들어서 다른 곳에 놓기도 하였다. 심지어는 여왕개미가 산다는 개미집이 궁금하여 삽으로 개미집을 떠보기도 하였다. 한 번의 삽질로 개미 왕국은 파괴되고 당황한 개미들은 우왕좌왕한다. 나의 호기심이 개미 왕국을 파괴한 것이다. 무료함과 호기심으로 행한 사소한 행동이지만 개미에게는 하늘이 무너지고 땅이 꺼지는 일이 된다.

개미를 보면서 가졌던 연민이나 우월감, 통제하고 싶은 욕망이 3차원과 2차원이라는 차이에서 비롯되었다는 것을 알게 되었다. 고차원에 사는 인간이 저 차원에 사는 개미를 통제할 수 있는 것처럼 고차원에 사는 어떤 '보이지 않는 힘'이 우리를 내려다볼 수도 있다.

우리는 고차원에 존재하는 힘을 '신'이라고 부른다. 3차원에서 사는 인간이 2차원 곤충인 개미를 상대로 연민과 잔인함이 섞인 '신놀이'를 하듯 신은 우리에게 '쯧쯧' 연민을 보내기도 하지만 때론 견딜 수 없는 가혹함으로 우리를 한없는 절망과 무기력 상태로 이끈다.

자신보다 어려운 처지에 있는 사람에게 못되게 굴다가 가끔 마음이 움직여 선심을 쓰는 사람을 보면 오늘날의 차원은 '돈'과 '권력'에 의해서 결정된다는 것을 알게 된다. '돈'과 '권력'이 신이 된 세상이라니… 속이 아린다.

비정한 선택

————

2차원에서 사는 개미가 집단생활을 하듯 3차원에서 사는 인간 역시 단체 생활을 한다. 회사에 입사한 지 몇 달 안 되었어도 조직이라는 것은 지극히 불공평하게 운영된다고 생각하게 된다. 김 대리는 최 과장보다 일을 더 하고 최 과장이 이 부장보다 더 열심히 일하고 정 상무는 늘 외출만 한다. 박 사장은 사무실에서 책을 읽거나 손님을 만나고 커피만 마신다. 그런데 지위와 월급은 일의 양과는 반비례한다고 느껴진다. 신입사원 시절 지위가 높고 월급도 많이 받는 사람이 놀면서 지내는 것을 부러움 속에 보면서 그들을 '여왕개미'라고 불렀다.

개미의 집단생활을 보면 인간이 늘 추구해온 '공평'이 집단을 지배한다. 개미는 역시 역할에 따라 모든 일을 철저히 분담한다. 놀고먹는 여왕개미는 청소도 하지 않는다. 짧은 생을 살아야 하는 수컷 개미에게는 먹이를 구하라고 하지도 않는다. 각자 자신들의 임무를 충실하게 수행할 뿐이다. 먹이를 구하러 나간 암컷들은 천적에게 잡아먹힐 확률은 매우 높지만 무섭다고 멈칫거리지 않는다. 피곤하나고 세으름을 부리지도 않는다.

우선 놀고먹는 것으로 알려진 여왕개미는 대부분의 시간을 굴속에서 보내기 때문에 날개를 쓸 일이 없다. 날개는 수컷 개미와 최초이자 마지막 혼인비행을 할 때 한 번 쓰고 만다. 혼인비행을 마친 여왕개미는 대부분 천적의 식사 거리가 된다. 5천에서 1만분의 1의 확률로 살아남은 여왕은 땅바닥을 뒹굴며 가운데 발과 뒷발로 필요없어진 날개를 떼어내는 탈시脫翅를 한다. 굴로 들어간 여왕은 몸 안에 저장된 정자로 계속 알을 낳고 자신의 몸에 있는 지방으로 자식 개미를 키우며 개미 왕국을 건설한다. 그녀가 고독한 희생 속에 보여주는 리더십에 '여왕'이라는 수식어는 전혀 손색이 없다.

만일 여왕개미라고 불리는 사람이 있다면 자신이 여왕개미처럼 손 하나 까딱하지 않아서 여왕개미라고 불리는지 아니면 조직을 키우기 위해 희생하는 진짜 여왕개미인지 돌아볼 일이다.

부르는 사람 입장에서도 편하게 지낸다고 여왕개미라고 불러서는 안 된다. 놀고먹는 사람을 여왕개미라고 부른다면 그것은 여왕개미에 대한 모독이다.

김 대리는 반복적인 일을 열심히 해야 하고 최 과장과 이 부장은 업무에 구멍이 생기지 않도록 정성을 쏟아야 한다. 정 상무와 박 사장은 현장을 점검하고 사람도 만나 시장 상황과 세상 변화에 대응을 해야 신상품을 성공적으로 출시할 수 있다.

박 사장과 정 상무에게도 반복 업무와 관리 업무를 하는 일개미와 병정개미 시절이 있었다. 지금은 경험에서 나온 창의력으로 기업을 이끌어 직원들에게 월급을 준다.

개미의 주거

이 지구를 차지하고 사는 생물체 중에서 개체 수가 가장 많은 것이 개미다. 지구상에 사는 개미의 숫자는 1경~2경 마리에 이르며 개미의 무게를 다 합하면 사람들의 무게를 합친 것과 비슷하거나 더 무겁다고 한다.

개미는 뇌가 몸무게의 6%를 차지하는데 인간처럼 좌뇌와 우뇌의 사용처가 다르다. 인간의 뇌가 몸무게의 2%를 차지하는 것을 감안하면 개미 뇌의 무게는 인간의 뇌보다 3배가 더 나간다. 뇌의 용량이 커서 그런지 땅 아래에 있는 개미네 집의 디자인은 복잡하고 세밀하다. 집에 있는 방들은 사용처에 따라 먹이 창고, 알 방, 번데기 방, 수개미 방, 여왕개미 방으로 나뉘어 진다. 우리의 전통 가옥이 사랑채, 안채, 행랑채, 별채, 누마루로 세분된 것을 연상시킨다.

우리 주변 곤충 중 군집 생활을 하는 것으로 개미, 벌, 바퀴벌레를 꼽지만, 개미와 벌은 여왕을 중심으로 조직이 구성된다는 점에서 바퀴벌레와 다르다. 또한 개미가 벌과 다른 한 가지는 여왕개미와 수개미에게는 날개가 있지만 일개미에게는 날개가 없다는 점이다.

우리에게 익숙한 군집 생활을 하는 곤충 중 개미와 벌은 주로 낮에 무리로 활동하는 반면 바퀴벌레는 밤중에 한 마리씩 나와서 활동한다. 벌목 개밋과에 속하는 개미의 집이 벌집과 구조적으로 다른 점은 집의 형태는 복잡하지만 하나의 선으로 연결되어 있다는 점이다. 주거 형태 면에서 벌이 육각형의 공동주택에서 산다면 개미는 땅속에 복잡한 미로 형태로 연결된 한 채의 단독주택에서 산다고 볼 수 있다. 개미 집의 미로는 골목과 골목으로 연결된 아랍의 촌락이나 선으로 복잡하게 연결된 지하 묘지 카타콤^{Catacomb}을 연상시킨다.

군집 생활을 하는 개미의 집은 'ㄷ'자나 'ㅁ'자 주택이 많은 한국이나 중국, 일본의 주택을 연상시킨다. 한국의 한옥^{韓屋}, 중국의 사합원^{四合院}이나 일본의 전통 주택에는 가족끼리 교류하는 마당과 통로, 복도가 있다.

모로코의 리사니^{Rissani}에는 사하라 전역에서 가져온 물건들을 사고 파는 전통 시장이 있다.《아라비안나이트》에 나오는 뾰족한 가죽 신발을 사러 이 시장에 갔다가 길을 잃고 반나절을 헤매다 나온 적이 있다. 헤매는 동안에도 빵 부스러기를 떨어뜨려 집으로 돌아온《헨젤과 그레텔》이야기며 앞서가는 동료 개미가 분비한 페로몬이라는 화학물질로 길을 찾아 집으로 돌아오는 개미 이야기도 떠올렸다.

우여곡절 끝에 원래의 자리로 돌아와 차를 마시며 찻집 주인에게 미로게임의 승자 같다며 자랑스럽게 이야기를 했다. 주인은 많은 관광객들이 당신처럼 길을 잃고 헤매다 나와서는 으스대지만 심장이 오그라들었을 것이라며 윙크를 한다.

주인 말에 동의하며 당신들은 어떻게 저 길을 헤매지 않고 다니냐고 물었다. 주인은 누구나 그 질문을 던진다며 모든 길은 개미집처럼 하나로 통하니 시간이 걸릴 뿐 길을 잃는 일은 없다고 말한다. 어차피 시장의 공예품을 다 보고 나면 저절로 길이 나온다는 이야기였다. 유쾌한 아랍 상인은 그게 '인샬라'라고 나직이 말한다.

의義

———

개미들이 늘 같이 살고, 같이 이동하는 장면은 고대 중국인들에게 깊은 인상을 준 것 같다. 개미를 마의螞蟻라고 작명한 것을 보면 쉽게 짐작이 간다. 개미를 약칭으로는 의蟻라고 부른다. 아마 그들은 일찍이 개미 무리를 보고 의義를 생각했던 것 같다. 그러면 개미를 의롭게 보이게 하고 질서 속에 움직이게 만드는 것은 무엇일까?

개미는 '페로몬'이라는 화학물질을 분비함으로써 서로의 의사를 전달하고 군집의 질서를 유지한다. 개미가 외출했다 집으로 돌아올 때는 앞서는 개미가 뒤따라오는 개미를 위해 땅 위에 페로몬을 남겨 놓는다. 개미는 페로몬으로 서로를 의롭게 만드는 것이다.

의義 자는 양羊 자와 아我 자의 합자合字이다. 여기서, 우리는 양羊 자를 통해 '무리'의 의미를 유추한다. 양羊들은 늘 무리로 있고 무리로 다닌다. 단수와 복수를 구분하는 영어에서도 양은 단수와 복수 모두 'sheep'이다. 그래서 집단을 나타내는 '양羊'과 개인을 나타내는 '아我'가 합쳐졌을 때의 의미는 '혼자의 나'가 아니라 '집단 속에서의 나'이다. 양羊 자가 아我 자 위에 있는 것은 나보다는 조직이 위에 있다는 의미로 보인다.

집단 속에서의 '나'는 집단의 질서를 따를 때 의義를 행할 수 있다. 나를 나타내는 아我는 손을 나타내는 수手 자와 창을 나타내는 과戈 자로 이루어져 있다.

먼 옛날, 수렵시대로 돌아가 보자! 내 손手에 쥔 창戈으로 잡은 짐승은 '나'의 것이다. 자기의 소유를 주장하는 모습이다. 이때 자기의 소유를 홀로 주장하는 것보다 잡은 짐승을 함께 나누어 먹을 때 비로소 의義를 실천하는 것이 된다.

의義라는 말에는 '집단이 나에게 무리함을 강요하더라도 따라야 한다'는 뜻이 숨어 있다. 하기 싫어도 마음을 굳게 먹고 해야 하는 것이다. 인仁이 약한 마음이라면 의義는 강한 마음이다.

개미의 '의義'를 깊이 각인시켜 준 영상을 본 적이 있다. 개미들은 비가 오면 자신의 몸을 서로 잇고 엮어서 방석만 한 뗏목을 만든다. 숨쉬기 좋도록 위치를 바꿔 가면서 물 위를 떠다닌다. 개미 뗏목에는 여왕개미와 다른 개미들이 타고 있다. 운 좋게 땅에 도착한 개미들은 개미 뗏목을 해체하면서 땅에 올라와 새로운 개미 왕국을 건설하는 것이다.

사훈으로 '의리義理'를 명시한 한국의 대기업도 있다. 그들은 임직원들에게 의리를 강조하고, 퇴직자들도 의리로 대우한다. 의리로 통솔과 결속을 하는 것이다.

우리는 사사롭게 의형제義兄弟를 맺는 경우가 있다. 의형제끼리는 서로의 의무가 존재한다.

순자荀子는 '義, 理也 故行'이라고 하여 '의'는 이치이지만 행동이 수반된다고 보았다. 의창義倉, 의거義擧라는 말을 보면 '의'는 행동으로 보여주어야 한다는 것을 알 수 있다.

개미에게는 두 개의 위胃가 있다. 개미가 식탐이 많아서가 아니다. 하나는 자신을 위해, 다른 하나는 동료를 위해서다. 배고픈 동료를 보면 두 번째 위에 비축된 양분을 꺼내 나눈다.● 의義를 실천하는 개미蟻蟻의 이름에 의義 자를 넣은 것은 훌륭한 작명이다.

의리는 덮어 놓고 '호형호제'를 한다고 갑자기 믿음이 생기는 것이 아니다. 각자의 역할을 충실하게 실천할 때 믿음이 생기고 의리가 우러나오는 것이다.

세계의 주요 종교를 도道. way라는 측면에서 보면 신을 향한 기독교는 'Only one way', 무위無爲의 도교는 'No way', 성불成佛을 중시하는 불교는 'My way'이다. 인간 사이의 관계를 중시하는 유교는 당연히 'Two ways' 방식이다. 유교의 두 번째 덕목인 의義는 'Two ways'의 전형이다.

공자는 '의義'를 수레의 끌채에 비유하여 "소나 말이 끄는 수레에

● 10 Interesting Facts About Ants/Western Exterminator

끌채와 끌채 고리가 없다면 어떻게 수레가 굴러갈 수 있을까?"라는 말을 하였다.●

그러면 끌채인 '의義'가 있는 조직에는 어떤 특성이 있을까?

조직을 하나로 묶어주는 끌채인 '의義'를 모두가 느끼도록 하려면 조직원 모두가 공감할 수 있는 목표가 있을 때 가능하다. 모두가 합심하여 그 목표를 달성하려는 마음을 '상하동욕上下同欲'이라고 한다. 이러한 조직을 가리켜 '살아 있는 조직 Corps D'esprit'이라고 말할 수 있다. 이런 조직에는 같은 기질과 포부를 가진 사람들이 자연스럽게 찾아 들어온다. 그것을 가리켜 '동기상구同氣相求'라고 한다.

그렇다고 조직에서 지나치게 획일화된 의리만 강조하면 조직이 보스 중심의 사조직으로 전락할 수 있다. 모두를 위한 '의義'를 찾되 구성원들의 개성과 성향을 존중하는 '의義'를 찾는 것은 그 조직과 구성원이 고민해야 할 문제이다. 모든 구성원이 꼭 같은 크기의 신발을 신는 것은 아니기 때문이다.

'의義'가 계속 왕성하게 살아 있는 조직이 되려면 대체로 연민이 많은 사람, 믿고 맡길 수 있는 사람, 참을 수 있는 사람, 손해 볼 수 있는 사람들의 헌신과 뒷받침이 있어야 한다. 진정한 '의義'가 살아 있는 조직이 되고 나면 사소한 견해 차이나 갈등은 미미해지고 사람과의 관계를 해치는 오기, 트집, 뒷말 같은 것들은 저절로 사라지

● 論語 爲政 第二 22篇

게 된다.

이런 조직의 구성원들은 위, 아래, 옆 모두를 격려하고 서로의 기를 살린다. 머리에 이야기하면 꼬리까지 바로 통하고, 꼬리를 자극하면 머리까지 바로 전달된다. 한마디로 수미상응首尾相應을 하는 것이다.

이런 조직에는 언제나 '페로몬'이 왕성하게 분비된다.

공자孔子와 개미

중국 산동성山東省 곡부曲阜에 있는 공자의 묘에는 '위대한 완성자, 최고의 성인, 문화를 전파하는 왕'이라는 비문이 새겨져 있다. 비문처럼 공자가 '위대한 완성자'가 될 수 있었던 것은 공자가 13년의 천하주유를 끝내고 고향에 돌아와 죽을 때까지 6년 동안의 깊은 사색을 통한 깨우침 때문이었다.

공자는 고향에 돌아올 때 '아홉 개의 구멍이 있는 구슬' 하나를 가지고 왔다. 공자는 13년 동안 이 구슬을 가지고 다니면서 어떻게 하면 하나의 실로 구슬을 꿸 수 있는지를 골똘히 궁리하였지만 도저히 꿸 수가 없었다.

어느 날 공자는 뽕 따는 아낙과 조우하였다. 혹시 아낙이 실을 꿰는 방법을 알지 몰라 아낙에게 방법을 아는지 물었다. 그러자 아낙은 "조용히 생각하십시오. 생각을 조용히 하십시오密爾思之 思之密爾"
라고 답하였다.

공자는 아낙의 말대로 조용히 생각하고 또 생각하였다. 그때 공자
의 눈에 개미 떼가 이동하는 모습이 보였다. 그는 개미의 모습을 바
라보며 골똘히 생각하고 또 생각하였다. 순간 한 가지 생각이 머리
를 스쳤다.

공자는 즉시 개미를 잡아 허리에 실을 맨 다음 개미를 구슬의 한
쪽 구멍에 밀어 넣고 다른 출구에는 꿀을 발랐다. 이윽고 허리에 실
을 맨 개미가 꿀을 찾아 출구로 나오게 되자 실이 꿰어지게 되었다.

공자는 아낙이 말한 '조용히 생각하십시오'라는 말을 떠올리면서
'조용히'에서 '밀密'을, '밀密'에서 다시 꿀 '밀蜜'을 떠올리고, 개미를
본 순간 꿀을 연상했던 것이다. 후세의 사람들은 뽕밭의 아낙에게
가르침을 받은 공자의 겸허한 태도와 통찰력을 가리켜 '공자천주孔
子穿珠'라고 부르게 되었다.

지금도 담장이 많은 공자의 고향 곡부에 가면 개미들이 여기저기
에 많이 보인다.

마의상수螞蟻上樹와 부의주浮蟻酒

개미와 관련된 중국 음식과 한국 술을 소개한다. 중국요리 중 매

운맛이 강한 사천요리 중에 마의상수螞蟻上樹가 있다. 다진 소고기를 볶아 당면과 섞은 후 식초로 버무린 요리다. 다진 소고기 가루가 당면에 붙은 모습이 '개미가 나무에 올라가는 것과 같다' 하여 지어진 이름이다. 나무 역할을 하는 당면은 쫄깃하고 조금 맵다.

'마의상수'는 중국 근현대사에서 정치적 용어로도 쓰였다. 여기서 개미螞蟻는 허다한 외세를, 나무樹는 중국을 의미했다. 개미들이 중국이라는 큰 나무에 올라타 보았자 별것 없다는 말이다.

우리의 전통주에 동동주가 있다. 동동주는 막걸리의 일종인데 밥알이 동동 뜬 모양이 개미가 뜬 것 같다고 하여 '부의주浮蟻酒'라는 이름으로도 불렸다. 부의주는 친구 사이에 '의義'를 다질 때 마시면 더없이 좋은 술이 될 것이다. 한국에서는 부의주 안주로 빈대떡을 먹지만, 중국의 초두부나, 일본의 아게다시도후あげだしどふ(연두부 튀김)를 같이 먹어도 이웃 나라의 벗들과 '의義'를 나누는 맛과 멋이 있을 것이다.

02

기다림의 거미 蜘蛛 지주

　　동네 산책로 주변 샛길을 걸을 때면 눈에 띄지 않는 거미줄이 얼굴에 달라붙는다. 성가시긴 하지만 그만큼 생태가 살아 있다는 생각에 위안을 받는다.

　아파트 생활이 보편화된 요즈음 거미줄은 주로 외진 곳이나 헛간의 처마 밑, 나뭇가지 사이에 쳐져 있지만, 생태가 손상되지 않았던 얼마 전까지 거미는 집 처마 밑에 널찍한 거미줄을 쳐 놓았다.

　초저녁 거미줄에는 빛을 찾다 길을 잘못 든 하루살이 떼부터 잠자리까지 꼼짝 못 하고 잡혀 있었다. 어쩌다 재수 없는 제비까지 걸려 들어 힘겹게 날개를 퍼덕이며 가쁜 숨을 몰아쉬기도 하였다.

　저녁이 되기 시작하면 낮 시간이 아쉬운 잠자리들이 불이 켜진 집 주위를 맴돌았다. 아이들은 대나무 장대 끝에 철사로 만든 지름

30cm 정도의 동그란 테를 끼워 굵은 검정 고무줄로 단단하게 동여 맨 다음 테에 널찍한 거미줄 서너 개를 묻혀 날아가는 잠자리를 잡 았다. 말이 잡는 것이지 날아다니는 잠자리에 거미줄 묻은 틀을 갖 다 대기만 하면 잠자리가 거미줄에 붙었다. 쉽게 잡은 잠자리들을 닭장 안에 던져 주면, 초저녁잠을 청하던 닭들이 튀어나와 던져 준 잠자리들을 쪼아먹곤 했다.

여름 방학에 시골 외갓집에 놀러 온 서울 아이들은 곤충망이 붙은 잠자리채의 성능이 시골아이들의 것보다 못하다는 것을 알아차리 자 미련 없이 잠자리채에서 망을 떼어 버리고 철사로 만든 테에 거 미줄을 묻혔다.

거미의 몸은 곤충들과는 달리 머리가슴과 배 두 부분으로 나뉘어 져 있다. 거미에게는 곤충들에게 있는 날개가 없고 피부에는 잔털 과 가시가 나 있다.

거미는 입이 작아 잡은 먹이를 바로 먹지는 못한다. 먼저 먹이를 물어 소화액을 주사하여 가사 상태로 만든 뒤 거미줄을 분비하여 먹이를 돌돌 말아 놓고 펼쳐진 거미줄의 한쪽에 보관해 둔다. 소화 액이 주입된 먹이의 내장이 서서히 녹으면 그때 독 이빨인 엄니로 천천히 빨아먹는다. 거미의 소화액이 바로 거미 독이다. 거미의 독 이 든 송곳니는 입과는 별도로 존재한다.

거미는 세계적으로 34,000종이 있다. 한국에는 600종이 있지만 맹독이 있는 거미는 없다.

거미는 보통 네 쌍의 눈을 가지고 있다. 이 네 쌍의 눈으로 빠르게 보고 빠르게 움직인다. 척추동물은 모두 눈이 두 개뿐이다. 곤충의 경우는 겹눈이 두 개의 뭉치 형태로 되어 있다. 눈이 많으면 여러 각도에서 정확하게 볼 수 있어 빠르게 보고 빠르게 움직일 수 있다.

조물주는 일찍이 연약한 동물들에게는 더 많은 눈을 주었다.

거미줄 따르듯

———

작년 여름밤, 주민들의 산책로가 된 저수지에 갔다가 산책로 난간에 거미 세 마리가 열심히 줄을 치고 있는 모습을 보았다. 가로등 덕분에 거미가 줄을 치는 과정을 자세히 볼 수 있었다.

거미는 공중에 미리 도면을 스케치한 것처럼 빠르게 한 치의 오차도 없이 집을 짓는다. 작은 거미의 몸속에서는 끊임없이 실이 나온다. 거미는 수백 개의 미세한 관으로 구성된 두세 쌍의 방적기가 배속의 실 샘과 연결되어 실을 생산한다. 거미 세 마리가 지은 집의 모양과 크기는 각각 다르지만 집을 짓는 속도만큼은 솜씨 좋은 처녀들이 뜨개질을 하는 것처럼 빠르다. 뜨개실의 굵기가 일정하듯 거미는 자신이 치는 거미줄의 구조와 무늬가 같도록 일정량의 흰색

실을 균등하게 분비한다. 어느 크기의 집을 짓느냐는 전적으로 거미 배 속에 있는 실의 양으로 결정될 것이다. 거미집의 전체 모습은 방사형이나 나선형 구조이지만 가운데 부분은 원 모양에 가깝다. 거미집이 방사형이나 나선형 구조인 이유는 거미줄의 사용을 최소화하려는 거미 나름의 경제적 계산이 깔려 있기 때문이다.

유명 웹 디자이너 목록에 거미줄 디자이너인 거미의 이름을 올려야 할 것 같다. 거미줄을 영어로 'web' 이라고 하지 않던가?

거미줄은 배 속에 있는 실 샘에서 나오는 단백질의 액체가 굳어진 것으로 거미가 이동, 사냥, 은신, 짝짓기와 산란을 하는 데 꼭 필요하다. 거미는 주로 거미줄에 걸린 모기, 멸구, 파리, 잠자리, 나방 같은 살아 있는 동물성 먹이를 일주일에 한 번 먹는다. 거미가 동물성 먹이를 먹는 이유도 거미줄을 만들기 위한 단백질 섭취를 위해서다. 주변에 먹이가 없을 때는 단백질 섭취를 위해서 자신이 쳐 놓은 거미줄을 다시 먹기도 한다.

거미는 거미줄을 분비해서 그 거미줄 자락에 매달려 공기를 타고 이동하기도 한다. 날개 없이도 날면서 거미줄을 치는데 이렇게 나는 것을 '유시비행'이라고 한다. 거미의 '유사비행'은 스파이더맨이 빌딩과 빌딩 사이를 날아다니는 모습을 연상시킨다.

거미는 날씨가 흐려지기 시작하면 줄을 치지 않는다. 비가 오면 먹이가 되는 곤충이 활동하지 않기 때문이다. 거꾸로 거미가 줄을 치기 시작하면 날씨가 맑아진다는 뜻이 된다.

거미줄의 수명은 야외에 있는 경우 자외선의 영향으로 이틀 정도이지만 실내에 있는 거미줄은 한 달 이상 가기도 한다.

거미 중 50%는 거미줄을 쳐 놓고 조용히 먹이를 기다리는 정주성定住性 거미와 줄을 치지 않고 돌아다니면서 사냥하는 배회성徘徊性거미도 있다. 암컷 정주성 거미는 거미줄을 쳐 놓고 먹이를 잡기도 하고 알집을 거미줄에 매달아 놓기도 한다. 수컷들 역시 거미줄을 치기도 하지만 이런 가사 문제에는 일절 관여하지 않는다.

'거미줄 따르듯 하라'라는 한국과 일본의 속담이 있다. 익숙하지 않은 길은 위험하다는 말이다. 거미가 자신의 줄을 따르지 못하고 어쩌다 다른 거미의 줄에 올라가면 거미줄 주인의 '식사'가 되고 만다.

거미마다 거미줄을 짓는 방식과 형태가 다르기 때문에 거미는 자신이 다른 거미의 줄에 있다는 것을 본능적으로 안다. 거미는 다른 거미줄에 걸리게 되면 발버둥을 쳐보았자 소용이 없다는 것, 자신의 명命이 거기까지라는 것도 직감하기 때문에 그냥 가만히 있다. 거미줄의 주인은 거미줄을 흔들어 잡힌 먹이의 위치를 판별한 후 먹이를 향해서 여유 있게 이동한다.

거미는 2011년 동일본에서 쓰나미가 발생했을 때도 생존을 위한 신속함을 보여 주었다. 쓰나미가 일어난 곳에 살던 거미들 역시 물을 피하느라 재빨리 나무 위로 올라갔다. 그 일대의 나무들은 온통 거미줄로 뒤덮였다. 보건당국은 수해 후의 말라리아를 우려했지만 이 거미줄에 모기들이 걸려 말라리아는 발생하지 않았다. '거미 흩 어지듯 한다'는 말은 거미의 순발력을 높이 평가한 표현이다.

거미의 모성애
―――

거미들이 어렵게 짠 거미줄을 새들이 걷어 가는 일이 더러 있다. 뱀이나 맹금류가 둥지 속의 새끼를 잡아먹지 못하도록 둥지 입구 를 오므려 주는 용도로 쓰거나 둥지를 지을 때 접착제로 쓰기 때문 이다.

거미의 모성애도 둘째가라면 서럽다. 겨울이 오면 죽게 될 몇몇 거미 종은 끝까지 알을 보호하기 위해 갖은 노력을 다한다. 알집을 매달고 다니기도 하고 수백 마리의 새끼를 등에 업고 다니며 돌보 기도 한다.

염낭거미는 나뭇잎을 말아서 작은 주머니를 만들어 알을 낳고 자 식들이 두 번 탈피할 때까지 지켜 주다가 새끼에게 먹히게 된다.

현대미술 삭가인 루이즈 부르주아(Louise Bourgeois 1911~2010)는 '마망Maman'이라는 제목으로 제작한 여섯 개의 청동거미를 전 세계 의 미술관에 전시하였다. 어머니의 사랑을 그리워한 부르주아는 평 생 모성애를 담은 작품을 만들었다. '마망'의 여덟 개의 다리는 울퉁

불퉁한 힘줄이 솟은 듯 매우 힘차고 예리하다. 거미의 몸통 아래에는 알 주머니가 달려 있어 알을 보호하려는 거미의 모성이 느껴진다.

타란툴라 거미

　장화 모양의 이탈리아반도 남부에 있는 타란토 Taranto 제철소를 볼 기회가 있었다. 지도로 보면 장화의 굽 안쪽에 위치한 타란토는 기원전 8세기에 건설된 도시이다. 활발한 지중해 교역을 하던 타란토는 고대 유적지이지만 조강 생산 500만 톤의 제철소가 있는 공업도시이기도 하다. 2차 대전을 일으킬 당시 일본의 조강 생산능력이 600만 톤이었으니 타란토 제철소는 규모가 제법 큰 편이다.

　제철소 안내는 얼굴에 웃음기가 가시지 않는 '로메오'가 맡았다. 로메오는 안내 중 대뜸 진지한 표정으로 "타란토에서 철을 만들면 강도와 유연성이 세계 최고일 수밖에 없다"라고 한다.

　무슨 말인지 궁금해하니 타란토는 '타란툴라 Tarantula'라는 거미의 고향이라고 한다. '타란툴라'라는 이름도 타란토에서 유래했다고 설명하면서 타란툴라가 치는 거미줄은 강도와 유연성이 다른 거미와는 비교할 수 없다고 한다. 타란툴라의 고향 타란토에서 생산하는 철강 역시 타란툴라 거미줄처럼 강도와 유연성이 높을 수밖에 없다는 이탈리안 조크였다.

타란툴라의 생김새를 자세히 본 것은 중국생태연구원에 갔을 때다. 안내를 하던 진항陳航 교수가 타란툴라 거미 표본 하나를 가져와 다리가 몇 개인지 세어 보라고 한다.

세어 보니 여덟 개가 아닌 열 개였다. 짐짓 놀라 변종이냐고 물으니 웃으며 "아니다!"라고 했다. 타란툴라는 머리 앞쪽에 있는 두 개의 돌기는 여덟 개의 다리와 길이가 비슷한 '더듬이 다리'라고 한다.

진 교수는 이어서 거미가 인간에게 줄 혜택 두 가지를 소개하였다.

첫 번째 혜택은 거미줄은 'Spider Silk'로 불리는 천연 고분자 단백질로 철강보다 네 배나 강도가 높아● 방탄복과 인공 장기의 소재가 될 수 있다.

두 번째 혜택은 의약 분야인데 거미독이 혈류량을 늘린다는 사실에 주목하여 특허가 끝나가는 비아그라를 대체할 상품의 성분이 될 것으로 예상하지만 노인성 치매와 정신착란 치료에도 효과가 있을 것으로 보고 있다.●●

진 교수는 처음 보여주었던 '타란툴라' 표본을 선물로 주면서 표

● 1. The secondary frame in spider orb webs: the detail that makes the difference by Alejandro Soler & Ramon Zaera Scientific Reports 6, Article number: 31265
 2. 'spider silk' at chm.bris.ac.uk
 3. 'the elaborate structure of spider silk' by Lin Roemer and Thomas Scheibel
●● 1. "Can Spider Venom Cure Erectile Dysfunction?", Youtube
 2. GMO Spider Venom May Be the Next Viagra/WIRED, February 16, 2015

본 속 타란툴라가 인간과 거미가 함께 펼칠 아름다운 미래를 속삭여 줄 것이라는 말로 작별 인사를 대신하였다.

거미형 몸매
───

최근 한국 · 중국 · 일본 할 것 없이 모두 건강과 날씬한 몸매에 관심이 많다. 관심이 가는 곳에는 여러 신조어가 생긴다. 그중 하나가 '거미형 몸매'이다. 둥근 몸통에 가는 다리의 몸매를 말한다.

과거 한국에서는 무더운 여름철 '난닝구'를 위로 말아 입고 집 주변에서 바람을 쐬는 아저씨들이 더러 있었다. 심지어 '난닝구'마저 입지 않고 불룩한 배를 내밀고 동네를 활보하는 '거미 아저씨'까지 있었다.

중국에서는 이런 아저씨들의 복장을 '베이징 비키니'라고 부른다. 한국에서는 이제 '거미 아저씨'들이 보이지 않는 것을 보면 '베이징 비키니'도 곧 먼 옛날이야기가 될 것이다. 사실 과거에는 비만이 흉은 아니었다.

비만과 관계된 이야기를 전한다. 우리나라에 분유가 본격적으로 소개되던 1970년대에는 20개월 전후의 아이들을 대상으로 '전국 우량아 선발대회'가 열렸다. 선발에서 가장 중요한 기준은 아이의 체중이었다.

당시 후원을 하던 분유 회사의 이름도 '비락肥樂우유'였다. '살찌니 좋다'는 의미이다. 늘 먹을 것이 부족했던 시절이니 복스러운 얼굴이니, '복록福祿이 따르는 상'이니 하는 말들은 '통통함'을 전제로 한 것이었다. '마른 것'보다 '뚱뚱한 것'을 쳐주던 시절이었기 때문이다.

몇 년 후 이 대회의 선발 기준은 '균형 잡힌' 몸으로 바뀌었다. 후원사였던 '비락 우유'는 그 후 유산균을 만드는 회사에 인수되었고, 이 회사의 계열사는 추억의 '비락'을 살려 '비락 식혜'를 내놓았다.

인류를 오랜 세월 고통에 빠뜨렸던 세 가지 재앙인 기아, 역병, 전쟁 중 역병은 인류의 영원한 숙제로 남아 있지만, 전쟁은 그 빈도수가 현저히 줄어들었다. 기아 문제 역시 21세기에 들어와 크게 개선되었지만 다른 복병이 등장했다. 비만이다. 한국 성인 세 명 중 한 명이 비만이다. 미국의 경우는 20%의 성인이 보행에 지장을 받을 정도로 비만에 시달리고 있다.● 비만을 가진 성인은 경제활동에도 지장이 있어 최근에는 비만을 질병으로 규정하기에 이르렀다. 실제로 비만 아동의 증가 속도는 개발도상국이 선진국보다 30% 높게 나타나고 있다.

그동안 비만의 원인으로 과다 섭취와 운동 부족을 꼽았지만 최근

● 세계보건기구(WHO) 기대수명 Data:
http://apps.who.int/gho/data/view.main.SDG2016LEXv?lang=en

에는 장내 세균들 간의 불균형이 비만을 일으킨다는 발표가 있었다.● 머지않아 장내 세균의 불균형을 잡는 의학적 진전이 있다면 그동안 우리가 '나이가 들면 자연스럽게 거미형 몸매로 가는 것이다'라는 체념은 사라지게 될 것이다. 그때가 되면 거미형 몸매의 아저씨는 미래의 민속화에나 나올지도 모르겠다.

거미의 준비성

———

거미는 원래 몸이 '검다'는 뜻의 '거믜'에서 거미로 불리게 되었다. 사투리로 '거무'라고 부르는 지방도 많다. 거미의 중국어 이름인 쯔주蜘蛛는 거미의 중국어 발음이 '쯔주知朱'와 흡사하여 두 글자 앞에 각각 벌레 충虫 변을 붙이게 된 것이다.

폐를 끼치지 않고 살아가는 거미를 높이 평가하여, 유교의 예禮를 체계화한 '주자朱子를 아는知 곤충蟲'으로 표현한 것이라고 해석해 본다.

오늘날 우리는 거미줄처럼 생긴 복잡한 네트워크 사회에 살고 있다. 네트워크 사회에서는 남의 말을 통해서 정보를 얻는다. 자신이 공부하여 얻은 지식보다 남의 귀띔이 훨씬 가치가 있는 경우가 많

● KIRI 고령화리뷰 Monthly 제14

다. 그런 이유로 경청은 최고의 정보수집 능력이다.

경청이 중요한지는 알지만 경청만큼 어려운 일은 없다. 인내가 필요하기 때문이다. 게다가 제대로 경청하려면 상대를 만나기 전에 상대에 대한 진지한 준비가 필요하다. 진지한 준비를 하고 남을 대하면 짧은 시간에도 깊은 대화를 나눌 수 있기 때문이다.

우리도 거미가 줄을 쳐 놓고 먹이를 기다리듯 미리 준비해 두어야 좋은 것을 얻고 나쁜 것은 피할 수 있다. '도둑질만 빼고 다 배워 두라'라는 말이 있다. 어떤 일이 생겨도 다 대응할 준비를 하라는 의미다. 예상되는 일만 준비하는 것이 아니다. 생각하지 못한 일이 발생하더라도 준비된 계획이 있어야 한다. 그것을 흔히 '긴급사태 대책 Contingency Plan'이라고 한다.

돌이켜 보면 우리의 역사도 전혀 예측하지 못했던 사건들로 써 내려져 가고 있다. 6.25와 10.26도 그 예가 될 것이다. 미래에도 우리는 여전히 '불확실성의 시대'를 살게 될 것이다. 어쩌면 지금까지 한 번도 경험하지 못한 예상 밖의 일들을 겪게 될 수도 있다. 그런 이유로 괴짜들의 특이한 주장이나 '말도 안 되는' 소리도 들어 보아야 한다. 그들의 말을 제대로 이해하기 위해서는 사전에 세상 돌아가는 '트렌드'를 이해하고 공부해 두어야 한다. 그냥 친절하게 들이주는 것은 듣는 것이 아니기 때문이다.

세상사를 잘 들어야 하는 것은 우선 자기 자신을 위해서이다.

03

백 개의 다리 지네蜈蚣 오공

      작년 가을, 남해안을 스치고 간 태풍으로 풍력 측정기가 이상이 없는지 점검을 해야 한다는 친구 덕에 사람의 출입이 뜸한 완도의 숲속을 가 보게 되었다.

  한낮인데도 우거진 나무들로 캄캄하여 앞으로 나가는 것조차 힘들다. 몇 발짝 걸어 들어간 숲속은 청량감보다는 무겁고 진한 음습함으로 가득 차 있다. 덜컥 겁이 나서 더 가야 하나 말아야 하나 망설이고 있는데 나뭇가지를 헤치며 앞으로 가는 친구에 뒤처질 수가 없어 앞으로 발걸음을 옮긴다. 한 걸음, 한 걸음 옮길 때마다 풀에 발이 걸리고 모기가 달려든다.

  점점 숲속으로 들어가면서 눈이 어둠에 적응이 되자 숲속의 모습이 보인다. 죽은 나뭇가지 사이로 햇빛이 쏟아져 들어와 불안감이 사라지는 순간 묵은 낙엽과 풀 사이로 미세한 움직임이 느껴진다.

'뱀인가?' 긴장을 하고 발아래에 있는 정체불명의 존재를 바라보았다. 여러 마리의 지네가 이동을 하고 있는데 짙은 갈색, 붉은색, 노르스름한 색이 햇빛을 받아 더욱 선명하게 보였다.

발이 없는 뱀이 기어가는 것도 섬찟해 보이지만 수많은 발로 빠르게 기어가는 지네를 보는 것 역시 섬뜩하였다. 순간 공포심이 일었다. 낮잠을 자다 지네에 물려 죽은 사람의 이야기를 들은 탓에 운동화를 신고는 계속 갈 수 없을 것 같아 작업화를 신은 친구만 가게 하고 오던 길로 부랴부랴 돌아 나오고 말았다.

지네의 약효

———

반짝이는 짙은 갈색의 등, 진노랑색의 배, 붉은 머리를 가진 지네는 수많은 다리와 마디를 이용하여 재빠르게 움직이는 절지동물이다. 지네의 몸에 마디가 많다 보니 영어로는 'Centipede'라는 이름을 얻었다. 'Centi'는 100을 의미한다. 사실 마디 수는 지네의 종에 따라 다르지만 보통 50마디를 넘지는 않는다. 지네는 비교적 장수를 하는데 오래 사는 종은 10년 가까이 살기도 한다.

중국에서는 지네를 오공蜈蚣으로 부르지만, 발이 백 개라는 뜻으로 백족百足으로 부르기도 한다. 6세기까지는 지네를 오공吳公이라고 표기했지만 그 후 벌레 충_蟲 변을 붙여 쓰기 시작했다.

지네에 오나라 오_吳 자를 쓴 것을 보면《삼국지三國志》에 나오는 위_魏·촉_蜀·오_吳 삼국 중 남쪽에 위치하여 습기가 많은 오_吳나라가 다른 두 나라보다 지네의 생육 조건이 더 좋았기 때문일 것이다.

지네는 주로 대나무 숲이나 활엽수가 많은 산에 산다. 그중에서도 밤나무 산에 유달리 많다. 지네의 숫자와 밤 생산량이 비례한다는 말이 있을 정도다. 밤나무 아래 떨어진 밤 가시가 사람의 접근을 막기 때문에 지네가 좋아하는 음습한 환경이 보장된다.

지네는 밤에 기어나와 유충, 지렁이, 달팽이를 잡아먹는다. 철저히 육식을 하며 풀 같은 것은 거들떠보지도 않는다. 집안으로 기어들어와 자는 사람을 물기도 하고 심지어는 천장에서 뚝 떨어지기도 해 사람을 놀래키기도 한다. 지네는 독 발톱으로 먹잇감에 독을 주사한 후 마비시켜 잡아먹는다. 지네의 독은 산성이므로 암모니아수를 바르면 회복에 도움이 된다.

집 주변에 숲이 있고 습기가 많으면 지네가 있을 가능성이 있다. 요즈음 '나는 자연인이다'라는 TV 프로그램이 인기다. 도회지 생활의 고단함에 지친 시청자들은 숲속에 혼자 사는 '자연인'을 보면서 마음의 안식을 얻는다.

산속에 사는 자연인은 지혜롭게도 닭을 키우고 있었다. 닭은 지네를 무서워하지 않는다. 병아리도 지네를 만만하게 본다. 한편, 지네는 졸거나 자는 닭과 병아리를 물기도 한다.

이처럼 지네와 닭은 서로 천적이다. 둘은 천적이지만 약으로 쓸 때는 서로 상생 효과를 낸다. 지네를 먹여 키운 오골계烏骨鷄탕은 관절통증 완화에 효과가 있다.

오일장이 크게 서던 시절에는 장터 한구석에서 말린 지네를 묶음으로 팔았다. 지금도 약재를 파는 시장에 가면 말린 지네가 한자리를 차지하고 제법 고가에 팔린다. 지네는 민간에서 관절염이나 요통을 완화하는 약으로 쓰였다.

보통 말린 지네로 술을 담근 후 며칠이 지나면 한 줄기의 선명한 푸른 줄이 술병 속에 나타난다. 이 술을 한 잔 마시면 신통하게도 웬만한 요통은 사라진다. 지네의 어떤 성분이 요통에 효능이 있는지는 아직 밝혀지지 않았지만, 이 푸른 줄에 약효의 비밀이 담겨 있을 것이다. 지네의 유전자 해독으로 그 푸른 줄을 만드는 성분이 밝혀지면 훌륭한 신약으로 개발될 것으로 본다.

중국은 1996년, 막힌 혈관을 뚫는 데 효과가 있는 '통심락通心絡'을 개발하였다. 통심락은 중국 정부로부터 그 효과를 인정받아 원자탄에 이어 과학기술진보상을 받았다. 통심락의 주요 원료는 지네, 전갈, 선퇴, 인삼이다.

혈액순환 이외에도 지네에 함유된 알라닌Alanine은 간 건강을 지키는 데도 효과가 있다고 전해진다. 우리가 먹는 현대의 많은 약이 자연 성분에서 유래한 것을 보면 지네를 사육하여 약의 원료로 쓰는 날도 멀지 않은 것 같다.

다산多産과 모성애의 상징

풍수지리에서는 지네가 승천하는 모습의 산을 당대에 발복發福하는 최고의 명당으로 친다. 이런 곳을 이름하여 '비천오공飛天蜈蚣의 터'라고 한다. 비천오공은 하늘을 나는 지네라는 뜻이다. 지네의 다리는 기본이 15쌍이고 많은 것은 25쌍까지 있다.

지네는 많은 다리 덕분에 다산의 상징으로 여겨져 한옥의 합각閤閣에 지네장식을 넣기도 한다. 산세가 지네 형상인 마을에서는 지네의 기를 받아 자식을 많이 낳는다는 풍수지리적 믿음도 있다.

'지네 발에 신발 신긴다'라는 속담은 지네의 여러 발에 신발을 신기려면 힘이 드는 것에 비유하여 자식을 여럿 둔 사람은 애를 많이 쓴다는 뜻으로, 은연중 지네를 다산의 상징으로 표현하였다.

자식이 많으면 부모는 뼛골이 빠지지만, 자식이 많다는 것 자체가 큰 권력이던 시절이 있었다. 밥을 굶어도 자손의 숫자가 많다는 것은 자랑이고 자식 숫자는 자부심과 비례하였다. 벼슬이 높거나 돈이 많은 집안을 부러워하지 않았다.

"최 부자가 돈이 많으면 뭐해 자식새끼라고 아들 하난데… 다섯씩이나 되는 우리 자식들을 봐~ 내가 세상에서 제일 부자지… 돈이야 있다가도 없고 없다가도 있는 법! 이 자식들을 어떻게 돈하고 비교해?"

최 부자에게 아쉬운 소리를 하러 갔다가 무시를 당하고 온 가난한 아버지는 짠지를 안주 삼아 막걸리를 마시며 이불 하나에 나란히 누워 있는 다섯 자식들을 그윽한 표정으로 바라본다. 저 끝에 자는 놈이 이불을 몰아가면 이쪽 끝에 자는 놈은 홀라당 이불을 뺏긴다. 하루하루 끼니 걱정으로 근심이 가득 차 있던 어머니도 자식들을 바라보며 목에 힘이 들어간다.

《임원경제지林園經濟志》의 저자이자 조선 후기 대학자인 풍석楓石 서유구徐有榘와 그의 스승이자 형수인《규합총서閨閤叢書》의 저자 빙허각憑虛閣 이씨李氏가 세상에 덜 알려진 이유도 절손絶孫의 아픔에 있다. 일찍이 양반의 전유물이었던 지식을 일반 백성에게 널리 알리고자 했던 서유구 선생과 빙허각 이씨의 자손이 지네 다리처럼 많았더라면 하는 아쉬움이 있다.

한 나라의 인구수는 국력을 평가하는 중요한 지표다. 스위스가 세계에서 가장 잘 사는 나라 중 하나이지만 인구수가 적기 때문에 '잘 사는 나라'라고 할 뿐 '강국'이라고 하지는 않는다.

우리도 출산율이 점점 줄어들고 있어 이대로 가면 우리 민족이 사라질 위기라고까지 말한다. 불과 얼마 전까지도 셋째 아이는 의료보험 혜택노 받시 못했다. 근시안직인 인구정책이 우리니리를 존폐의 위기로까지 몰고 갔다는 생각이 들어 비록 지난 일이지만 안타까울 따름이다. 앞으로 다산의 상징물인 지네 상을 세워 보아야 하는지도 모르겠다.

지네가 많은 다리로 물결치듯 걸을 때마다 절지 된 몸마디도 다리의 리듬에 맞춰 움직인다. 징그럽지만 곤충들에게는 볼 수 없는 개성 있는 움직임에 눈길이 간다. 지네가 애완용으로 인기가 있다는 것이 이해되기도 한다.

지네가 다산을 상징하는 것은 단순히 많은 다리숫자 때문은 아니다. 다산은 모성애가 있을 때만 의미가 있다. 지네는 흉측한 외관과 독으로 사람들에게 혐오감을 주지만 모성애만큼은 인간 못지않다. 지네는 알을 낳으면 온종일 알을 품고 알에 묻은 이물질을 핥아준다. 지네는 새끼가 태어나면 새끼가 독립을 할 때까지 몇 달이고 꼼짝도 안 하고 돌보아 준다. 새끼를 돌보는 어미가 배가 고파서 죽으면 새끼들이 죽은 어미 지네를 먹고 크기 시작한다.

생명력이 질긴 지네를 가리켜 '지네 몸은 잘려도 여전히 꿈틀거린다百足之蟲, 至死不僵'는 말이 있다. 《사자소학四字小學》●에 나오는 말로 권세나 부가 있었던 사람은 몰락한 후에도 위세와 영향력이 일정기간 남아 있다는 의미로도 사용된다. 세상사는 무엇이든 마음대로 깔끔하게 끝나는 일은 없다. 나쁜 일이라도 한 번에 뿌리가 뽑히기는 쉽지 않다.

● 사자소학(四字小學): 주자의 소학과 여러 경전의 내용을 생활 한자로 편집한 한자 공부의 입문서

고혹蠱惑

‘매력이 있다’라는 말은 ‘예쁘다’, ‘잘 생겼다’라는 말보다 더 듣고 싶어 하는 말이다. 매력魅力은 ‘도깨비가 끌어당기는 힘’이다. 매력보다 강한 의미의 매혹魅惑은 ‘도깨비가 유혹한다는 뜻’이다.

매력이나 매혹보다 부드럽지만 더 강한 의미로 사용되는 고혹蠱惑은 접시 속벌레라는 뜻으로 중국 소수민족인 묘족苗族으로부터 유래하였다.

중국 운남성雲南省 여행 중 만난 묘족 역사 선생에게 묘족은 영화 ‘동방불패’에 나오는 것처럼 독충을 잘 다루냐고 물었다. 선생은 피리로 뱀을 부리는 영화의 한 장면을 흉내 내며 그렇다고 한다.

비가 많고 따뜻한 운남성에는 특히 지네가 많다며 ‘고蠱’의 유래를 설명한다. 글자의 모습대로 ‘고蠱’는 지네, 독거미, 전갈 같은 독충을 접시에 담고 뚜껑을 덮어 놓았다가 며칠 뒤 열어보면 독충 중 한 마리만이 살아남는데, 이 최후의 승자를 고충蠱蟲이라고 불렀고 대게는 지네가 살아남는다고 한다.

주술사呪術師들은 최후의 승자인 고충에게 주력呪力이 있어 고충을 통해서 주술을 걸면 상대방의 마음을 움직일 수 있다고 보았다. ‘고혹蠱惑’은 이런 연유에서 탄생한 말이다.

주술사들은 자신들의 수입원인 고충을 자신의 피까지 먹여가며

애지중지하였다. 사람들이 주술사에게 자신의 고민을 해결해달라고 '고술蠱術'을 부탁하였다. 주술사가 가장 많이 받는 부탁은 이성의 마음을 움직여 자신을 좋아하게 해 달라는 것이었다. 예나 지금이나 좋아하는 상대방이 나에게 무심하게 대하는 것처럼 괴로운 일은 없다. "고충의 주술이 통할까요?"라는 우문에 묘족 선생은 이성 간의 끌림은 알 수 없는 힘이 작용하기 때문에 주력이 꼭 필요하다고 단언한다.

알 수 없는 야릇한 힘의 원리인 고혹보다는 살가운 말 한마디, 따뜻한 미소가 진정한 고혹이 아닐까 생각해 본다.

거북선과 오공선 그리고 지네신발

———

16세기 명明나라에는 '오공선蜈蚣船'이라는 군함이 있었다. 배의 좌우에 노가 많아 이동하는 모습이 지네를 똑닮아 오공선이라고 불렀다.

오공선은 당시 해양 강국이던 포르투갈의 군함을 모방하여 만들었지만, 성능 면에서는 오히려 오리지널 포르투갈 군함을 능가하였다. 배 모양이 좁고 길어 빠르게 움직일 수 있고 배에서 포탄을 쏘면 마치 비처럼 쏟아붓는 것과 같아 성능 면에서 적수가 없을 정도였다. 명나라 해군은 개량된 오공선으로 침공하는 포르투갈 해군을 끝내 참패시키기까지 하였다.

오공선은 선상 전체가 덮여 있고 배의 좌우에 많은 노가 있다는 점이 조선의 거북선과 흡사하다. 거북선은 임진왜란 초기 조선의 주력 함선인 판옥선을 개량한 것으로 판옥선 전체를 판자로 덮어 방어 체계를 강화하고 기동력을 좋게 하였다. 거북선의 기동력이 일본 전함보다 좋았던 원인은 일본 전함은 바닥이 뾰족하여 방향을 바꿀 때마다 물의 저항이 큰 데 반해 바닥이 평편한 거북선은 물의 저항이 상대적으로 적어 방향 전환이 쉬웠기 때문이다.

임진왜란壬辰倭亂과 정유재란丁酉再亂 때 조선의 주 무기는 '현자총 통玄字銃筒'이나 '지자총통地字銃筒' 같은 무거운 대포류였다. 반면, 일본은 가벼운 조총으로 무장하였다. 조선의 육군은 기동력 면에서 조총으로 무장한 일본의 육군보다 열위일 수밖에 없었다.

이러한 열세를 만회할 수 있게 된 것은 오공선을 닮은 거북선의 투입이었다. 조선은 명과의 교류를 통해 함선의 기동력을 높일 수 있었다. 명은 지중해 무역을 주름잡던 유럽의 '갤리Galley선'의 함선 기술을 일찍이 터득하였다. 거북선과 오공선 그리고 갤리선 모두 기동력이 좋았다. '지네의 발' 역할을 하는 노가 많았기 때문이다.

'더치페이'라는 단어의 의미를 알고는 그 이질감으로 놀랐던 기억이 생생하다. 더치페이가 일반적이라는 서양이 과연 사람이 살 만한 곳인지… 물론, 우리도 전통적으로 더치페이 문화가 있었다. 계원들끼리 돈을 걷어서 먹거나 회원들이 회비로 식사를 하는 것이다.

서양의 더치페이에 경악한 것은 현장에서 돈을 꺼낸다는 점이다. 사전에 회비로 돈을 걷는 우리와는 다르다. 최근에는 젊은이들 사이에 '더치페이Dutch Treatment'가 꽤 정착된 것 같다. 돈을 나누는 것이 불편하기 때문인지 지금은 한 친구가 몰아서 내면 나중에 그 친구의 통장에 입금해 준다고 한다.

더치페이가 낯선 세대들은 초청자가 없거나 식사비를 어떤 방식으로 내는지 정해지지 않을 때 난감해하기도 한다. 형편이 나은 친구가 내기를 기대하는데 친구가 신발끈을 묶는데 시간을 너무 길게 끌면 "지네 신발을 신고 왔네…"라고 말한다. 지네처럼 발이 많아서 신발을 신는 데 시간이 오래 걸리냐는 말이다.

사실 지네가 들으면 억울해할 소리다. 지네는 발이 많아도 재빨리 움직이기 때문이다. 누구나 자기 것은 귀하고 아깝지만 치를 일은 기꺼이 그리고 신속히 해야 한다. 예민한 순간에는 1초만 우물쭈물해도 '지네 신발'을 신는 것으로 보기 때문이다. 돈은 쓸 때를 놓치면 그 가치를 잃고 만다.

PART 4

해충으로만 알려진
충선생

虫 · 선 · 생

01

글을 아는 모기蚊 문

　　요즘 모기는 옛날 모기보다 일찍 찾아와 늦게까지 머문다. 일 년의 반을 이 불청객에게 시달리는 것 같다. "모기 때문에 잠을 못 자서…", "새벽에 깨서 모기를 잡다가 아침녘에 다시 잠이 들어서 그만…" 모기에 물린 자국을 보여주며 하는 변명들이다.

　초저녁에 단 한 마리의 모깃소리라도 들리면 온 가족이 바짝 긴장하게 된다. '너 오늘 밤 두고 봐라~' 분노가 치밀어 손으로 낚아채고, 읽던 책으로 껑충 뛰어 때려잡고, 스프레이로 된 모기약도 살포한다. 이제는 모기를 다 소탕했다고 말뚱거리는 눈으로 다시 누워애서 잠을 청하고 있는데 어디선가 '애앵~' 소리가 들리면 절망감과 함께 복수심이 치밀어 오른다. 물릴 각오를 하고 다시 잘까 고민을 하다가 결국은 다시 벌떡 일어나서 모기와의 전쟁을 벌이지만, 마지막까지 살아남은 교활한 한 마리는 끝내 잡지 못하고 만다.

어쩌다 피를 너무 빨아 몸이 통통해져 제대로 날지 못하는 모기를 잡아 모기 몸에서 나온 피를 확인할 때는 "저게 내 피였지?"라고 분해하지만 그때는 이미 지나간 일이다.

피곤한 눈을 뜨고 둘러본 방안에는 전자 모기 채, 모기 매트가 흩어져 있다. 도서관에서 빌려 온 책에는 죽은 모기가 피와 함께 붙어 있고 새로 도배한 벽지에도 검붉은 피가 묻어 있다. 그날 밤 식구들이 모기가 어디에서 들어왔는지를 주제로 가족회의가 열린다. 이러저런 핑계로 각자 자기 방에 웅크리고 있는 가족들을 한데 모이게 하는 데는 모기만 한 게 없다.

방충망의 벌어진 틈, 먼지 낀 환기 통, 현관문 밑 틈, 심지어 엘리베이터를 타고 올 가능성까지 염두에 두다가 가능성이 있을 만한 곳을 발견하면 회심의 미소를 짓는다. 모기가 들어올 것 같은 곳을 발견하지 못하면 금세 가족들의 얼굴이 어두워진다. 도대체 어디서 들어왔단 말인가?

모기는 해가 지면 나타난다. 모기가 보이면 '어디로 날아가나?' 눈으로 쫓아가 보지만 어느 순간 놓치고 만다. 모기는 벽에 걸어 둔 옷 위에 앉을 때도 주로 어두운 무늬 위에 앉는다. 앉을 때도 붓글씨로 쓴 족자의 글文 위에 앉는다. 자신을 보호하기 위해 어둡고 검은 곳을 찾는 것이다. 천부적 생존 본능이다. 모기를 말하는 문蚊 자에 글월 문☆ 자가 있는 것은 결코 우연이 아니다. 밉지만 대단한 모기다!

모기가 드라큘라가 된 이유

여름을 싫어하는 이유로 모기를 꼽는 사람들이 의외로 많다.

모기는 여름철의 낭만을 산산조각 내버릴 뿐 아니라 말라리아나 뇌염으로 인간을 죽일 수도 있다. 모기가 옮긴 병원균으로 죽는 사람이 일 년에 70만 명 이상이나 되어 모기는 인류 공동의 적이지만, 환경 적응력이 뛰어나 1억 7천만 년의 긴 생명력을 이어 왔다.

툰드라 지역이나 북극처럼 여름이 짧은 곳에 사는 모기는 단시간에 효율적으로 종족을 번식시킬 수 있도록 입이 흡혈하기 좋은 주사기 구조로 진화될 정도다.

모기 퇴치를 위한 끊임없는 노력의 산물로 모기를 쫓는 팔찌, 모기퇴치 앱Application, 모기퇴치 스프레이가 개발되어 나왔지만 효과가 미미하거나 건강에 좋지 않아서 별 효과를 보지 못하고 있다.

다른 곤충의 개체 수는 줄어들지만, 모기는 끄떡없다. 도리어 더 늘어난다는 비극적인 뉴스도 접하게 된다. 인류는 오랜 세월 모기와 부대끼며 살아왔지만, 모기가 인간의 삶에 도움을 준 일은 단 한 번도 없는 것 같다.

모기가 드라큘라가 된 이유는 무엇일까?

배가 고파서? 아니다. 암컷 모기는 2주간의 삶에서 단 한 번의 사랑을 나눈다. 수정란을 갖게 된 암컷은 수정란을 성숙시키기 위한 단백질과 철분 같은 영양소가 필요한데 동물과 사람의 핏속에는 이런 영양소가 풍부하다.

모기는 자신의 종족을 번식시키려는 일념으로 맞아 죽을 각오를 하고 사람의 몸에 주사기를 꽂는 것이다.

모기는 본래 물에 사는 모기의 유충인 장구벌레가 우화羽化한 곤충이다. 사실 모든 모기가 사람을 무는 것은 아니다. 사람의 피를 빠는 것은 산란기의 암컷이다.

수컷은 활동에 필요한 약간의 화밀花蜜이나 나무 수액을 섭취하기 때문에 사람을 괴롭히지 않는다. 암컷도 산란기가 아닐 때는 수컷처럼 식물성 영양분으로 살아간다.

임신한 암컷이 육식성으로 돌변하여 동물성 혈액을 찾는 것이다. 모기가 흡혈을 하는 이유도 나방이 당밀糖蜜, Molasses을 섭취하는 이유도 산란관을 발달시켜 산란하려고 하기 때문이다. 모기의 강한 모성애 때문에 사람이 괴롭힘을 당하고 있는 것이다.

취문성뢰聚蚊成雷

'모깃소리도 한곳에 모이면 우렛소리와 같다'는 의미로 '취문성뢰聚蚊成雷'라는 말이 있다.

취문성뢰는 《한서漢書》에서 유래한 성어로 소인배들이 입을 모아 사실을 호도하고 왜곡하는 모습을 가리킨다. 전한前漢의 6대 경제景帝가 아들들에게 베푼 주연 자리에서 아들인 중산왕中山王이 "뭇사람들의 입김으로 산이 쓸려 내려가고, 모깃소리가 모여 우레가 된다. 패거리를 지으니 범마저 때려잡고 열 사내가 작당하자 쇠공이가 휜다"라며 자신의 억울함을 호소하였다.

근거 없는 비방이나 가짜 뉴스가 사람을 잡는 세상이 되었다. 처음에는 한두 마리의 모깃소리처럼 앵앵거리다가 불과 며칠 만에 우렛소리가 되어 세상을 뒤흔든다.

나중에는 가짜라는 것이 밝혀져도 피해자는 회복 불능일 정도로 정신적 타격을 입는다. 때로는 극단적인 선택을 하는 일까지 반복해서 일어나고 있다.

일부 간악한 무리는 의도적으로 가짜 뉴스를 인터넷에 살포하여 사회에 공포심을 유발하는 '취문성뢰'를 이용하기도 한다. 확인되지 않은 가짜 뉴스나 과장된 풍문에 '좋아요'를 누르고 댓글을 다는 것 역시 스스로 취문성뢰를 일으키는 모기가 되는 일이다.

모기떼는 여름철에만 있는 것이 아니라 사시사철 어디서나 준동
蠢動한다.

사자와 모기

———

2,000년 전 실크로드를 따라 아프리카에 갔다가 사자를 처음 본
중국인들의 눈에 사자는 경외의 대상이었다.● '사자獅子'의 '사獅'에
스승 '사師' 자를 넣은 것만 보아도 알 수 있다.

사자가 포효하며 우는소리를 '사자후獅子吼'라고 한다. '후吼' 자는
'공자孔子'의 '공孔' 자가 들어가 있다. 이처럼 대단한 사자가 앉은 자
리를 박차고 일어날 때는 천적이 나타나서가 아니다. 모기가 사자
의 콧잔등을 물 때다. 화가 난 사자가 자신의 앞발로 콧잔등을 쳐보
기도 하지만 모기는 이미 달아나 버린 뒤다.

사자를 왕으로 모시던 다른 동물들은 자신들의 왕인 사자가 작은
모기에게 당하는 모습을 보고 사자를 비웃을지도 모른다.

시지처럼 대단한 능력을 갖춘 지도자도 모기 같은 사람과 비리에
연루되어 큰 망신을 당하는 경우를 보게 된다. 이들은 모기가 '동물

● 《후한서(後漢書)》〈서역전(西域傳)〉

의 피'를 원하는 것처럼 분명한 목적과 목표를 가지고 접근한다. 먹잇감의 약점을 알아내고 집중적으로 공략하기 시작하는데 이는 모기가 털이 없는 사자의 콧잔등을 무는 것과 같다. 모기가 감히 사자의 콧잔등에 앉는 것처럼 이들의 수법은 대담하고 뻔뻔하여 사람들의 경계를 무시하기도 한다. 자신의 목적이 달성되면 말을 바꾸고 자신이 모시던 사람으로부터 대척점에 있는 사람에게 날아가 숨어 버린다.

살다 보면 크고 작은 사고를 당하게 된다. 과일을 깎다가 칼에 손이 베이는 작은 사고에서 장시간 입원해야 하는 큰 사고를 당하기도 한다. 사고의 크고 작음을 떠나 사고는 사람을 우울하게 만든다. 피치 못할 상황에서 사고가 발생했다면 우울증이 심각하지 않겠지만 자신의 부주의나 어리석은 판단력으로 발생하면 우울증은 깊어진다.

지도자의 결정이 잘못된 점이 있더라도 불가피한 상황에서 최선의 결정이었다면 이해를 받을 수도 있지만 어리석음에서 비롯되었다면 그 지도자는 외면되고 만다. 모기에게 물리고 자신의 콧잔등을 때리는 사자가 되지 않으려면 나 자신과 내 주변부터 잘 살펴볼 일이다.

모기와 이상기온

─────

모두가 미워하는 모기를 없애보려는 연구가 활발하다. 물에 석유를 뿌려 장구벌레를 질식사시키거나, 미꾸라지를 방류하여 장구벌레를 없애는 방법까지 시도되기도 한다. 좀 더 과학적이고 적극적인 방법으로 수컷 모기의 단백질을 조작하여 알이 부화하더라도 유충 단계에서 번데기가 되지 못하고 죽게 하는 방법까지 연구되고 있다.

이런 방법을 동원하지 않아도 여름철 폭염이 계속되거나 비가 내리지 않으면 모기가 사라진다. 사라지는 것이 아니고 활동을 못하고 숨어 있는 것이지만 모기라는 존재가 보이지 않는 것만으로도 한시름 놓인다.

최근 모기의 존재에 대한 갑론을박이 이어지고 있다. 모기가 없어져도 생태계에 아무런 문제가 없다는 의견과 그렇지 않다는 의견이 맞서고 있다.

전자를 주장하는 사람들은 잠자리나 개구리가 모기 대신 다른 먹이를 먹으면 된다고 한다. 후자는 생태계는 정교한 톱니바퀴처럼 서로 맞물려 있어 모기가 없어지면 사람이 느끼지 못할 정도로 생태계가 서서히 파괴되다가 일시에 무너져 인간도 살아남지 못할 것이라는 주장이다.

후자의 주장에 손을 들어주고 싶다. 박쥐, 개구리, 거미, 잠자리에게 모기는 사람의 밥이나 빵, 국수와 같은 주식이고 다른 먹이는 반찬이나 디저트 같은 음식이다. 밥과 빵을 주식으로 먹던 사람에게 샐러드나 김치, 아이스크림만 먹고 살라고 한다면 영양 불균형과 스트레스로 시달리다 죽게 될 것이다.

자연은 자연스러워야 한다. 사람의 편의를 위해서 의도적으로 조작한 자연은 잠시는 그럴듯해 보이지만 시간이 흐르면 재앙이 되어 우리를 덮친다. 장마, 삼한사온, 태풍처럼 일상적으로 들리던 자연현상에도 변화가 생기고 있다. 이제 기후조차 예측할 수 없게 되었다. 100년 만의 더위, 기상 관측 이후 최고 온도, 게릴라성 폭우, 아열대 날씨와 같은 단어가 등장한 것을 환영하는 사람은 아무도 없다.

유럽에서는 개발 논리에 밀려 파괴된 자연을 옛 모습으로 되돌리는 작업이 활발하다. 모기를 없앤 다음에는 모기를 되살려야 하는 상황이 올 수도 있다.

모기도 더불어 살아가야 할 자연의 구성원으로 받아들여야 한다. 여름이면 어김없이 벌어지는 모기와의 전쟁을 우리의 숙명으로 생각하자. 모깃소리를 쫓아 전자 모기 채를 휘두르는 우리가 견문발검見蚊拔劍●하는 것인지는 몰라도 말이다.

● 견문발검(見蚊拔劍): 모기를 보고 검을 뽑는다는 말로 하찮은 일에 지나치게 대책을 세우고 요란을 떤다는 의미

여느 여름날처럼 모기 퇴치를 위하여 전자 모기향을 켜고 잠자리에 누웠다. 어린 시절에는 모기가 이 정도로 극성이지는 않았는데… 전자 모기향의 불편한 냄새는 고향 집의 여름 저녁 풍경을 그립게 만든다. 여름에는 평상平床이라고 부르는 이동식 마루를 놓고 저녁 식사를 하였다. 어머니가 저녁을 준비하는 동안 집안일에 서툰 아버지는 보릿대와 약쑥을 섞어서 모깃불을 놓으셨다.

모깃불이 몽실몽실 피어오르면 아버지는 만면에 행복한 미소를 지으셨다. 식사 후 수박과 복숭아를 먹고 집안 어른들의 살아오신 이야기를 듣거나, 밤하늘에서 별자리를 찾다 보면 모깃불은 잦아들었다.

선선해져 방에 들어오면 어머니가 방마다 청색 모기장을 쳐 두셨다. 모기장이 떠 들리면 모기가 들어올세라 무거운 베개나 옷가지로 모기장의 사방을 둘러 두셨다. 혼자서 저녁을 먹을 때는 어머니가 부채를 들고 부쳐 주다가 모기가 얼쩡거리면 부채로 모기를 향해 내치는 동작으로 모기를 쫓아 주기도 하셨다.

그랬었지… 어릴 적 모기에게 시달리지 않았던 것은 부모님이 모기로부터 지켜 주셨기 때문이다. 오늘 밤은 유난히 고향 집의 모깃불이 생각난다.

꽃에도 앉는 파리 | 蠅 승

빠르고 편한 생활을 하고는 있지만 가끔은 느리고 불편했던 그 시절이 그립다. 부족했지만 순수했던 시절의 즐거웠던 기억을 더듬어보면 불현듯 기억 밖의 추억이 떠오르기도 한다.

그 시절 아이들은 '만약놀이'를 자주 했다.

"만약 네가 한국에서 태어나지 않았다면 어느 나라에서 태어나고 싶어?"

"만약 네가 괴도 루팡이라면 나는 셜록 홈즈를 할 거야"

"만약 내가 톰 소여라면 얼마나 좋을까?"

그 당시는 공간적, 경제적 제한이 많았던 시절이라 아이들은 '만약'이라는 가정을 통해 상상의 즐거움을 나누었다.

"만약 우리들이 다시 1970년대로 돌아간다면 지금보다 더 행복할까?"라고 친구들에게 물었다. 평소 정이 넘치고 옛날을 그리워하던 친구들이라 당연히 1970년대가 더 행복할 것이라는 대답을 할 것으로 예상했다. 한 친구가 잠시 뒤 "나는 행복하지 않을 것 같다"고 한다.

재래식 화장실을 생각하면 다시는 돌아가고 싶지 않다는 것이다.

"그땐 자연은 깨끗하고 사람들은 좀 더 순수했지만, 환경이 불결했어… 변소에 파리 구더기 생각 안 나? 학교에 가면 변소가 꿈틀거리는 구더기로 발 디딜 곳이 없었어"

"맞아! 횟가루를 변 위에 뿌려도 잠깐이었지"

갑자기 비위가 상하는지 모두 불편한 얼굴이다.

"지금 생각하면 똥이나 사체에 앉았던 파리가 밥 위에도, 반찬 위에도 앉았는데 그냥 먹었어. 파리가 빠진 국은 파리를 건져내고 먹었지… 안 죽고 살아 있는 게 신기하지. 지금 봐! 얼마나 깨끗하고 좋아, 안 그래?"

모두들 고개를 끄덕거린다.

인도 콜카타에서 열린 행사에 참석한 적이 있다. 현지 자원봉사자의 십에 초청을 받아 식사가 차려진 방으로 들어가는데 파리가 시커멓게 잔뜩 붙은 끈적이가 머리에 닿았다. 같이 간 젊은 친구는 끈적이에 늘어붙은 파리를 보고 흠칫 놀라는 눈치다. 짝 달라붙지 못한 파리 두어 마리가 날개를 퍼덕거리며 끈적이에서 벗어나려고 안

간힘을 쓰고 있다. 주인은 한국 친구가 선물한 것인데 접착력이 아주 좋다고 말한다.

친구들에게 인도에서의 파리 끈적이 이야기까지 들려주자 결국 '파리를 당해낼 수 없다'며 1970년대로 돌아가는 것을 모두 포기하였다.

조승모문 朝蠅暮蚊
——

원래 '파리'는 작은 조각을 가리키는 말인데, 나무의 낱잎인 '이파리'나 깨진 사기그릇 조각인 '사금파리'가 그 예이다.

파리의 영어 이름인 'Fly'는 동사 'Fly'와 철자가 같다. 우리는 파리가 '작다'는 것에, 영어권에서는 파리가 잘 '난다'는 사실에 착안하였다. 두 의미를 조합하면 파리는 '잘 날아 다니는 작은 녀석'이라는 해석이 가능할 것이다. 파리는 똥파리, 쉬파리, 금파리, 초파리, 검정파리 등 앉는 자리에 따라, 혹은 몸의 색깔에 따라 달리 불린다. 이름 앞이 금이든 똥이든 파리는 대부분의 시간을 분변이나 썩은 동물의 사체와 같은 더러운 곳에서 보내기 때문에 파리 자체가 움직이는 병원균이라고 볼 수 있다.

모기가 사람에게 직접적인 고통을 준다면 파리는 깐족거리며 사람을 괴롭힌다. 파리는 후각이 발달하여 좋아하는 냄새가 나는 곳이라면 어디든 달려간다. 파리가 유독 사람의 얼굴에 앉는 것은 냄새 중에 사람의 침 냄새를 좋아하기 때문이다. 곤하게 잘 때 흘리는 침 냄새 때문에 파리는 자는 사람의 입가를 떠날 줄 모른다.

여름철 주말 아침 모처럼 늦잠을 자려고 하면 입가에 파리가 붙어 짜증이 나고 초저녁에는 예리한 모깃소리 때문에 쭈뼛했던 기억이 있을 것이다.

아침에는 파리, 저녁에는 모기가 나오는 것을 가리켜 '조승모문朝蠅暮蚊'이라고 한다. 이 말은 조석으로 파리나 모기 같은 소인배들이 들끓는다는 뜻이다.

파리는 꽃에도 앉는다

——

이 책을 쓰는 도중 파리의 놀라운 능력을 경험하였다.

얼마 전 전주 한옥마을에 사는 여동생에게 들렀다. 세찬 장맛비가 내리고 있어 누기漏氣를 누르기 위해 따뜻한 매실차 한 모금을 마시고 있었다.

이층에서 여동생이 허섭지섭 내려오너니 두어 시간 선싸시 멀쩡하던 새끼 길냥이가 죽어 간다는 것이다. 썩 내키지 않는 마음으로 새끼 길냥이가 쓰러져 있는 이층 테라스로 올라갔다. 새끼 고양이는 거친 숨을 몰아쉬고 있었다.

들썩이는 길냥이의 옆구리에 화려한 색깔의 금파리 세 마리가 미동도 하지 않고 앉아 있다. 빗발이 굵어지면서 새끼 길냥이의 숨은 가늘어진다. 어디선가 금파리 두 마리가 더 날아와서 길냥이의 배에 앉는다. 장대비와 죽어가는 새끼 길냥이 그리고 다섯 마리의 금파리…

길냥이는 다섯 마리의 금파리가 옆구리에 앉은 상태로 숨을 거두었다.

호기심 많은 여동생은 길냥이가 곧 죽으리라는 것을 어떻게 알고 금파리가 세찬 장맛비를 뚫고 어떻게 찾아왔는지 무척 놀라워했다. 마침 이 책의 '파리편'을 쓰고 있던 참이라 금파리는 죽어가는 동물의 호흡에서 나오는 탄화수소 냄새를 맡으면 쏜살같이 날아와 동물의 사체에 수백 개의 알을 까고, 그 알들은 한나절이 지나면 구더기가 되어 사체를 파먹기 시작한다고 자세히 알려 주었다.

파리 구더기가 없다면 동물 사체는 분해가 늦어져 지구는 거대한 쓰레기장이 될 것이며, 분해가 끝난 동물의 사체는 나무나 작물의 영양소가 되니 파리가 나름대로 큰 역할을 한다고도 설명해주었다.

"더러운 것을 서로 먹겠다고 싸우는 것이 파리인 줄 알았는데 다른 존재 이유도 있었네. 금파리가 온 것도 길냥이를 자연으로 돌려보내려고 이 빗속을 뚫고 온 거네"

여동생이 알아서 결론을 내린다.

기아와 병으로 죽어가는 아프리카 아이들의 얼굴에는 파리가 앉아 있다. 아이를 안고 있는 지친 젊은 엄마는 아무 표정이 없다. 파리와 함께 죽어가던 새끼 길냥이의 모습과 커다란 눈망울을 가진 아이의 얼굴이 겹쳐진다.

　파리는 동물체의 자연 회귀의 마지막 과정인 부패를 관장하는 동시에 생명을 살려내는 의사이기도 하다.

　중국에서 오랜 기간 의료활동을 한 캐나다 출신 외과 의사 헨리 노먼 베쑨 박사Dr. Henry Norman Bethune는 항결핵제가 나오기 전에 결핵 환자의 가슴을 열고 구더기를 집어넣어 구더기가 고름을 먹게 하는 치료법으로 여러 환자를 살렸다. 구더기는 괴사된 부분을 먹은 후 새살을 돋게 하는 성분인 알란토인과 중탄산암모늄을 내 놓는다. 심지어 당뇨병으로 다리를 절단해야 하는 환자도 구더기 의사 덕분에 완치되었다.

　프랑스 나폴레옹 군대도 구더기에 신세를 졌고 미국 남북전쟁 중 부상병 치료에도 구더기가 사용되었다.

　법의학에서는 구더기가 증거 제시용으로 사용되기도 한다. 시신에서 발견된 구너기나 번네기의 종류를 가지고 피해자의 사망 장소나 시간을 알아낸다. 파리의 종류에 따라 시신에 접근하는 시간이 다르기 때문이다. 파리의 구더기가 망자의 억울함을 푸는 역할을 하는 것이다. 이 분야를 '법곤충학'이라고 한다.

나비와 벌이 꽃밭에서 수분 매개자로 화려한 역할을 한다면 파리는 더럽고 악취가 나는 곳에서 뒷마무리를 한다. 파리는 자연을 순환시키는 숨은 공로가 있지만 '불결의 상징'으로만 알려진 터라 제대로 대접을 받지 못한다.

파리는 화려한 꽃에는 앉지 않지만, 우리 생활과 밀접한 채소인 양파의 꽃에 앉아 화분을 돕는다. 세상살이 역시 비슷한 점이 있다. 성공한 사람 뒤에는 멋진 조력자들이 있다. 자료를 수집해 준 사람, 건강을 돌봐 준 사람, 화장실을 깨끗하게 청소해 주는 미화원까지… 보이지 않는 힘이 있다. 이러한 이유로 성공한 사람에게는 나눔과 기여의 의무가 부과된다.

동애등에

필기구가 펜에서 볼펜으로 바뀔 때도 펜을 고집하던 친구 명석이가 오랜만에 문자를 보냈다. 곤충 사육 관련 일을 하고 있다고 한다. 관심을 보이자 "혹시 동애등에라고 들어 봤어? 동애등에 사육 사업인데 우리 어릴 때 보면 소 등에 붙은 큰 파리같이 생긴 '등에'라고 있지? 동애등에도 그중 한 종이야"

호기심이 발동하여 질문 세례로 명석이의 진을 뺀 후, 농촌진흥청의 곤충산업과를 찾아가 자세히 물었다. 45일을 살다가 죽는 동애등에Black Soldier Fly는 일생에 한 번의 교미를 하여 1,000개 정도의 알을 한 번만 낳는다. 알에서 3~5일 후 부화하여 유충이 되면 음식물쓰레기를 먹여 15일을 키우다 냉동건조한 후 단백질이 풍부한 사료로 만든다. 이 사료는 초식성 먹이로 되새김을 하는 소를 제외한 모든 사육 동물에게 먹이는데 그중 닭이 정신 못 차릴 정도로 좋아한다고 한다.

쓰레기 해결사인 동애등에는 음식물쓰레기 100kg을 먹고 50kg의 분변을 생산한다. 그 분변으로 비료와 10kg의 단백질, 3kg의 유용한 기름도 만든다. 동애등에는 성충이 되더라도 혀가 없어 먹이를 먹지 못하고 물만 먹다 죽으니 결국 일생을 '친환경적'으로 살다 죽는 것이다.

최근 아프리카의 식량문제 해결을 위한 해법을 찾고자 동애등에 사육시설과 곤충사육 농가를 방문한 UN 산하 World Bank팀은 한국의 곤충사육 기술을 높이 평가하고 재차 실무적 방문까지 하게 되었다고 한다. '대단하다!'라는 생각과 함께 그 이유가 궁금했다. 농촌진흥청 방 박사는 이렇게 말한다.

"아마 과거 농촌에서 누에를 치면서 누에와 한방에서 자며 동고동락한 경험이 그 비결일 것입니다. 누에 사육만큼 까다로운 게 없거든요"

수긍이 간다.

잉잉고우고우 蠅營狗苟

작은 몸집의 파리지만 식성 하나는 왕성하다. 식성이 왕성하면 번식력 역시 왕성하기 마련이다. 파리의 수컷은 한 번의 교미로 암컷의 몸속 수정낭에 정자를 보존하면서 오랫동안 수정란을 낳게 한다. 암컷은 평생 무려 열 번 가까이 알을 낳는다.

파리의 알은 12시간 만에 부화하여 구더기가 되고 번데기가 된다. 번데기에서 부화한 성충은 하루가 지나면 교미를 하고 사흘 후에는 산란까지 한다. 파리는 알, 구더기라고 부르는 유충, 번데기, 성충의 네 단계를 거치는 완전변태●를 한다.

가을 전어가 한창일 때 어느 바닷가 식당에 갔다. 흰 종이가 깔린 식탁에 검정파리 한 마리가 열심히 앞발을 비비고 있는 것을 보았다. 같이 간 후배가 말한다.

"파리가 앞발을 비비는 것을 용서를 비는 것으로 오해하지 말라고 하던데 맞는 말인 것 같아요"

후배가 말을 잇는다.

"애들도 혼나면 잘 비는 애가 있고 잘 안 비는 애가 있는데 이상하게 잘 비는 애가 또 같은 잘못을 하더라고요"

● 곤충이 번데기 단계를 거치면 완전변태, 번데기 과정을 거치지 않으면 불완전변태라고 한다.

파리는 늘 다리를 비빈다.

왜 그럴까? 파리의 몸과 다리에는 셀 수 없이 많은 가는 털이 나 있어 이물질이 잘 달라붙기 때문이다. 파리는 입보다 다리로 맛과 냄새를 느끼는데 이물질이 묻으면 맛과 냄새를 느끼지 못하게 된다. 파리는 식食이라는 욕망을 제대로 채우기 위해 다리를 비벼 털에 묻은 이물질을 털어내야 한다.

파리를 뜻하는 승蠅 자의 중국어 발음은 '잉'이다. 승蠅 자는 충虫 변에 민黽 자로 파리의 불룩한 배를 묘사하고 있다. 파리가 날 때 내는 의성어 역시 '잉'인데 표기는 '營'으로 한다.

'승영구구蠅營狗苟'이라는 말이 있다. 중국어로는 '잉잉고우고우 Yingyinggougou'라고 발음한다. 《시경詩經》에 나오는 말로 권력자나 부자의 주변을 맴돌며 파리가 '잉잉蠅蠅'거리듯 할 소리 안 할 소리 다 해가며 아부하고, 개가 먹을 것 안 먹을 것 가리지 않고 먹듯 이득을 취하는 간신배들을 가리키거나 그들의 작태를 의미한다.

권력자나 상관의 비위를 잘 맞추어 일신의 혜택을 누리는 승영구구蠅營狗苟가 조직에 뿌리를 내리면 모두가 파리처럼 생활한다. 아부하지 않는 사람들은 비른 사람이 아니라 융통성이 없거나 출세를 포기한 소수의 '모난 돌'이 된다. 승영구구蠅營狗苟들은 아부가 통하는 상관이 있는 동안 승부수를 던져야 하기 때문에 시간이 없다. 호언장담을 자주하고 시원시원하게 일을 처리하는 인상을 준다. 파리

알이 12시간 만에 부화하여 구더기가 되고 사체가 굳어지기 전에 수분이 있는 부드러운 살을 먹고 빨리 성장을 해야 하는 것과 같다.

승영구구蝿營狗苟들은 대체로 고민하지 않고 노력하지 않으며, 학습할 필요조차 느끼지 않은 채 시시한 주장만 늘어놓으며 조직에 안주하는 자들이다. 이들은 자신들이 한 노력보다 훨씬 큰 결과를 추구한다. 늘 고부가 가치적 삶을 추구하는 것이다.

중국 속담에 '두꺼비가 백조 고기를 먹으려 한다'라는 말이 있다. 제 분수를 모른다는 말이다. 문제는 이 소인배들이 이미 높은 자리를 차지하고 있거나 차지하게 되는 것인데, 만약 소인배들이 높은 자리를 차지하게 된다면 조직과 조직원들에게는 큰 재앙이 아닐 수 없다.

깨진 유리창의 법칙
——

심리학자 필립 짐바르도Phillip Zimbardo 교수가 흥미로운 실험을 했다. 치안이 허술한 골목에 차량 두 대를 방치하였는데 한 대는 보닛만 열어 두고 다른 한 대는 보닛도 열고 차의 창문을 조금 깬 상태였다.

일주일 뒤 보닛만 열어 둔 차는 아무 변화가 없었는데 창문이 깨진 차는 배터리와 타이어가 없어졌고 쓰레기 투기와 낙서를 해 놓았다. 창문만 더 파손시켜 놓았을 뿐인데 결과는 크게 차이가 났다.

이 이론을 '깨진 유리창의 법칙Broken Window Theory'이라고 한다. 작은 허점이나 실수를 수정하지 않으면 곧 치명적인 재앙으로 연결될 수 있음을 말하는 것이다.

식당에 갔는데 파리가 날아다니면 화장실은 물론 주방도 더러울 것으로 짐작한다. 주인이 손님 줄어든 원인을 파리에게 있다는 것을 빨리 감지하고 파리가 꾀는 원인을 제거하면 식당의 매출을 회복할 수 있지만 방치하면 식당은 머지않아 문을 닫아야 한다.

중국 속담에도 '파리는 깨지지 않은 매끈한 계란 위에는 붙지 못한다'는 말이 있다. 어떤 문제도 내부의 결함으로부터 출발한다.

한 나라의 이미지를 결정하는 데도 '깨진 유리창의 법칙'이 적용된다. 외국 여행을 하다 보면 그 나라에서 처음 만나는 사람 중의 하나가 택시기사이다. 택시기사의 행동은 그 나라의 문화 수준을 짐작하게 한다.

SNS 세상이다. 사소한 잘못도 삽시간에 알려진다. 100을 잘했어도 하나를 잘못하면 허사가 되고 만다. $100-1=0$이 될 수 있다. 반대로 $100+1=101+\alpha$가 될 수도 있다. 여기서 1은 택시기사의 손님에 대한 배려일 것이다.

죽음행 하이패스

이솝Aesop은 파리와 나방을 빌려 욕심을 이야기했다.

파리가 꿀을 먹다가 욕심을 부린 나머지 꿀 단지에 빠져 날개가 꿀투성이가 되어 꼼짝도 못 하게 되자 나방이 비웃었다.

나방은 밤이 되자 농부가 켠 등불에 가까이 다가가다 타 죽고 말았다. 이번에는 파리가 나방을 비웃었다. 결국 먹이에 욕심을 내던 파리도, 현란한 불빛을 찾아 헤매던 나방도 죽고 말았다.

파리나 나방의 단순한 욕심을 바라보는 인간은 훨씬 더 복잡한 욕심 체계를 가지고 있다. 인간의 욕심은 농경사회가 되어 농산물을 비축하기 시작하면서 본격적으로 모습을 드러내기 시작했다. 비축은 '부의 편중'과 빈곤을 초래하면서 '천석꾼'이니 '만석꾼'이니 하는 말도 만들어 냈다.

인간의 욕구는 보통 획득, 유지, 과시의 세 단계를 거치게 된다. 누구나 가지지 못한 것은 한 번이라도 가져 보려고 발버둥 친다. 일단 원하던 것을 갖고 나면 가진 것을 유지하려고 아등바등한다. 시간이 조금 지나면 자신이 가진 것과 남이 가진 것을 끊임없이 비교하기 시작한다. 부러워하기도 하고 한편으로는 더욱 분발하면서 더 가지려고 한다. 이러다 어느 정도 욕구가 채워지면 자신이 가진 것을 자랑하고 과시하려고 든다. 한마디로 '폼을 잡기' 시작하는 것이다.

이때 씀씀이가 쩨쩨하면 비난을 받고, 씀씀이가 크면 파리가 꼬이

듯 사람이 모여든다. 주위에 사람이 모이면 자신이 남들로부터 존경을 받는 것으로 착각하고 교만驕慢이 움트기 시작한다. 교만의 교驕자는 말馬이 나무로 얽어 만든 다리橋를 건너는 위태로운 모습을 담고 있다.

부자나 권력자가 교만하면 사람들이 등을 돌리고 아니꼬워하는 사람들이 생긴다. 주변 사람들도 이들이 망하기만을 바란다.

과도한 욕심은 꿀단지에 빠져 죽어가는 파리가 보여주듯 죽음으로 가는 하이패스이다.

03

질긴 바퀴 | 蟑螂 장랑

나이가 들면 매사에 무덤덤해진다. 웬만큼 자극적인 것을 보아도 머릿속에 잘 남지 않는다. 영화를 보아도 줄거리조차 생각나지 않는 경우가 많지만 오륙 년 전에 보았던 '설국열차'만큼은 예외다.

'설국열차'에서는 기상이변으로 꽁꽁 얼어붙은 지구에서 마지막으로 살아남은 사람들을 태운 기차 한 대가 끝없이 궤도를 달린다. 영화는 지구멸망이라는 극한 상황에서조차 가진 자와 가지지 못한 자의 차이를 극명하게 보여준다.

바퀴벌레를 통해서다.

마지막 칸에 탄 최하층 사람들은 신선한 음식 대신 바퀴로 만든 칙칙한 색의 '단백질 바'를 먹는다. 이 대목에서 충격과 분노 그리고 역겨움이 극대화된다. 영화가 끝난 뒤에도 바퀴를 먹고 난 듯한 찜찜한 여운이 남는다. 만약 '단백질 바'를 바퀴가 아닌 메뚜기나 귀뚜라미로 만들었다면 이 영화는 그리 성공적이지 못했을 것이다.

최고의 생명력

———

우리는 바퀴에 다른 곤충에게 보내는 '사랑' 대신 '혐오'를 한다. 한밤중 물을 마시려고 부엌의 불을 탁~ 켜는 순간 주인 행세를 하며 온 집안을 누비고 다니던 바퀴와 마주한다.

바퀴도 놀랐는지 급히 움직임을 멈추고 잠깐 맞짱을 떠보려는 듯하다가 갑자기 목숨이 아까운지 훗날을 기약하듯 빠른 속도로 달아난다. 허둥지둥 살충제를 찾아 들어보지만 주방 마루 밑으로 사라지는 바퀴의 꽁무니를 멍하니 바라볼 뿐이다.

바퀴는 짧은 순간이지만 마주칠 때마다 다른 곤충에서는 느낄 수 없는 묘한 당당함으로 우리를 위축시킨다. 바퀴가 온몸으로 이 집 주인인 나에게 '넌 누구냐? 네가 나가라'라고 항변하는 것 같다.

징그럽고 불결한 바퀴를 죽여야 한다는 일념으로 신고 있던 슬리퍼 짝을 벗어서 바퀴를 향해 내려쳐 보기도 하지만 바퀴는 납작해진 몸을 추스른 후 유유히 도망친다. 우리는 바퀴와 늘 긴장 속에 동거하고 있는 것이다.

지구상의 곤충 중 바퀴는 모기와 더불어 최고의 생명력을 과시한다. 먹지 않아도 며칠은 끄떡없고 다리가 절단되어도 살 수 있다. 심지어 머리가 없어져도 얼마간은 버틴다.

사실 바퀴의 뇌는 제대로 기능을 하지 못한다. 따라서 기억력도 없고 고통도 없다. 다만 몸 전체가 하나의 신경 시스템으로 되어 있어 위험한 상황에서는 매우 민감하게 반응한다. 바퀴의 작은 머리통, 긴 더듬이, 납작한 몸뚱이, 가시 달린 세 쌍의 다리, 날 수도 있는 날개, 코팅한 듯 반짝이는 단단한 껍질은 생존에 최적화되어 있다. 바퀴는 급하면 날개를 활짝 펴고 날기도 한다. 이때 사람들은 깜짝 놀라 뒤로 물러선다.

바퀴의 알껍데기는 살충제도 뚫지 못한다. 바퀴는 억겁을 견딘 생존력과 함께 번식력 또한 강해 알집을 가진 모체가 죽어도 알집이 터지지만 않으면 새끼는 어미의 사체를 먹으며 건강하게 성장한다.

바퀴는 한 번의 짝짓기로도 여러 차례 알을 낳을 수 있는데 보통 평생에 10만여 개의 알을 낳는다. 바퀴의 수명은 보통 6개월이지만 길어도 2년을 넘지는 않는다.

바퀴가 지구에 살기 시작한 것은 3억 5천만 년 전으로 당시 곤충의 40%를 차지하였으니, 그 당시 지구의 주인은 당연히 바퀴였다.

바퀴의 입장에서는 500만 년 전 어느 날 등장한 인간과 따뜻한 동굴에서 음식도 나누어 먹으며 가깝게 지내다 인간이 돌변하여 자신들을 더럽고 징그러운 해충이라며 없애려고 혈안이 되니 바퀴 입장에서는 기가 찰 노릇일 것이다.

인간들로부터 천대를 받는 바퀴는 식물과 음식물 찌꺼기는 물론 동물의 사체, 구토물과 가래침 심지어는 대변까지 못 먹는 것이 없게 되었다. 바퀴인들 이런 것들이 뭐가 맛있겠는가? 살아야 하기 때문에 먹는 것이다. 사람들은 바퀴를 더럽고 징그럽다고 하지만 바퀴는 대부분의 시간을 은신처에서 몸을 청소하는데 보내니 바퀴로서는 하소연할 데도 없이 억울할 것이다.

바퀴는 밤에 나와 음습한 벽과 바닥 사이를 누비고 다닌다. 늘 조심스럽게 분주히 탐색하며 빠른 속도로 움직인다. 때로는 빠르게 가다가 급히 멈추고 주변을 이리저리 살피기도 한다. 그리고는 또 어디론가 사라진다. 유심히 살펴보면 잠시 후 다른 한 마리가 나타난다.

바퀴들은 늘 그렇게 조심스럽게 행동한다. 그들은 오랜 세월 그렇게 살피고 살면서 종을 보존해 왔다. 심지어 바퀴는 개미 같은 동료 곤충까지 의식하며 살아왔다. 개미와 바퀴는 오랜 세월 영역과 먹이에 대한 갈등과 싸움을 통해 서로의 영역을 건드리지 않는 조정을 하게 되었다. 그런 이유로 개미가 나오는 집에는 바퀴가 없다. 개인 플레이를 하는 바퀴로서는 역할을 분담해서 단체로 대항하는 개미와의 싸움은 자신들의 종을 보존하는데 하등의 도움이 되지 않는다는 사실을 일찍이 간파했던 것이다.●

바퀴와 같은 종의 보존을 위한 위험 분산 노력은 인간사회에서도 종종 목격된다. 대통령과 부통령이 같은 비행기를 타지 않고, 회장과 사장이 같은 헬리콥터를 타는 것을 피하기도 한다. 손이 귀한 집안의 할아버지는 아들과 손자가 같은 차로 장거리 여행을 하는 것을 탐탁지 않게 여기신다.

유언비어流言蜚語

사람들의 입장에서 보면 바퀴가 사람이 먹는 음식 위를 옮겨 다니며 병균을 옮기기도 하니 오죽했으면 바퀴를 '비蜚'로 칭하며 '너는 벌레虫도 아니다非'라며 비하했을까?

우리가 자주 쓰는 '유언비어流言蜚語'는 사실이 아닌 소문으로, 바퀴가 퍼뜨리는 말이라는 뜻이다. 몰래 돌아다니면서 더러운 것과 접하는 바퀴의 행동을 비유한 표현인데, 어느 나라나 정치권 주변에는 항상 유언비어가 많다. 요즘은 유언비어를 'Fake News'라고 한다.

정치 행위를 하는 '정당政黨'의 당黨 자는 상尙 과 흑黑으로 파자破字된다. '어두움을 받드는 무리'라는 뜻으로 해석된다. 일부 정치인들

● 바퀴는 군집 생활을 하지만 이끄는 리더가 없고 각자의 역할 분담도 엄격하지 않아 개미나 벌보다는 위계질서가 상대적으로 덜 엄격하다. 바퀴가 군집을 이루는 것은 바퀴 배설물의 악취가 일종의 페로몬 역할을 하기 때문이다.

은 유권자의 눈치를 끊임없이 살피고 바퀴처럼 늘 어둠 속에서 무언가를 찾아내려고 한다. 일본에서는 바퀴가 어둠 속에서 돌아다니는 점에 착안하여 밤에 외출하는 버릇이 있는 사람을 '코쿠로치^{コッ}^{クローチ}'라고 한다. 아마 영어의 'Cockroach'를 음역한 것으로 짐작된다.

노^魯나라에 살인사건이 있었다. 살인자의 이름이 공자의 제자 증삼과 같았다. 착각한 이웃이 증삼의 모친에게 "아드님이 살인을 했대요"라고 말했다. 소문을 들은 두 번째 이웃이 같은 말을 하고, 세 번째 이웃까지도 같은 말을 하자 증삼의 모친은 현장에 달려갔다고 한다.

유언비어를 듣게 되면 첫 번째 반응은 '무슨 소리야?', 두 번째 반응은 '그럴 리가?', 세 번째 반응은 '그래?'의 순서로 반응을 보인다. 영어권 사람들은 유언비어를 '그럴 듯하게 들리는 악담'이라는 의미로 'Feasible Damn'이라고 한다.

분노가 치미는 말이나 놀랄 말을 듣게 되는 경우, 또 자신을 공격하는 황당한 유언비어를 듣게 되면 어떻게 대응해야 하나?

귀농하여 양봉업을 하는 봉수가 시골에 내려와서 가장 힘든 것이 자신에 대한 근거 없는 나쁜 소문이 도는 것이었다고 한다. 평생을 청계천에서 기계와 함께 산 봉수를 사기 쳐서 번 돈으로 도망을 와서 숨어 산다는 말에서부터 각양각색의 소문이 나돌았다고 한다.

그럼 소문을 어떻게 극복했냐는 질문에 봉수는 "그냥 가만히 있었어. 그리고 내 할 일만 열심히 했더니… 조용해졌어. 거기에 일일이 반응했다가는 내가 미쳐서 죽지 죽어"

'Keep calm and carry on'이라는 말이 있다. 영국인들이 좋아하는 말이다. 영국에서는 기념품을 파는 가게에 가도 이 문구가 적힌 상품을 흔히 볼 수 있다. 이 문구는 영국 정부가 제2차 세계 대전이 발발하기 전 대규모 공중 폭격을 예상하고 영국 시민들이 위축되지 않도록 독려하기 위해 만든 슬로건이다. 중국인들은 이럴 경우 '놀랄 일이 있더라도 끄떡 하지 말라'는 의미로 '처경불변處驚不變'이라는 표현을 쓴다.

유대인들은 다른 사람을 근거 없이 깎아내리는 말을 '라숀 하라 Lashon Hara'라고 한다. '라숀 하라'는 직역하면 '나쁜 혀'가 된다. 남이 나에게 '라숀 하라'를 할 때는 억울하고 당황스럽겠지만 내색하지 말고 의연하게 행동하는 것이 상책이다. SNS 시대에는 더욱 그렇다. 놀라고 망신당하기를 바라는 사람들에게 가장 효과적으로 대응하는 방식은 '놀라지 않는 것'이다.

셰익스피어도 "원수를 위해 마음의 불을 지나치게 태우지 마라. 자신의 몸을 태우지 말라"라고 말했다.

1930년대 중국의 대표 작가인 파금巴金도 헛소문에 시달린 적이 있다. 그때 그는 "나의 유일한 태도는 상대하지 않는 것이다!"라고 단호하게 말했다.

바퀴의 강점

———

곤충을 인간의 용도 측면에서 보면 공업 원료용 곤충, 꿀 생산 곤충, 실을 뽑는 곤충, 약용 곤충, 식용 곤충과 사료용 곤충으로 분류된다. 조금 다른 각도에서 넓게 보면 천적 곤충, 수분 곤충, 관상 곤충과 환경보호 곤충으로도 나눌 수 있다. 유감스럽게도 바퀴는 어느 쪽에도 들어가지 않는다.

바퀴를 더러운 해충으로만 보다가 최근 바퀴의 강점을 알아본 학자들이 생겼다. 그들은 무너진 건물의 시멘트 벽돌 잔해를 비집고 생존자를 찾아내는 로봇을 개발하는 데 바퀴를 모델로 본다.

좁은 틈을 빠져나가는 데는 문어와 바퀴가 선수다. 둘 중 누가 더 잘 빠져나가는지 테스트하였다. 결과는 바퀴의 승리였다.●

인간의 바퀴에 대한 비난은 끝이 없지만 수년 뒤 바퀴에 대한 관념이 '해충害蟲'에서 '익충益蟲'으로 바뀔지 모른다. 바퀴를 '유용한 곤충'으로 만들어 보려는 노력이 진행 중이기 때문이다. 사실, 바퀴는 자신이 해충인지 익충인지 알지 못한다. 영문도 모르고 태어나서 그냥 산다.

자연에 익益과 해害, 귀貴와 천賤이 어디 있겠는가? 모두 인간의 분

———

● "Why is it so hard to squash a cockroach?" February 8, 2016 by Elizabeth Pennisi, Article from AAAS Science …. Stacey Combes, a biologist at UC Davis says " But an octopus can't match the speed of a cockroach …"

류일 뿐이다. 바퀴 역시 타 생명체가 왈가왈부할 수 없는 천부의 존재 이유Raison D'être가 있다.

46억 년 된 지구에서 3억 5천만 년 된 바퀴에 대하여 500만 년 밖에 안 된 인간이 자신들의 이익을 기준으로 익충이니 해충이니 하는 것이 무슨 의미가 있을까?

바퀴의 메시지

요즈음 삶의 무게에 눌려 삶에 점점 흥미를 잃고 허무해 하다가 삶을 포기하는 사람이 늘고 있다. 한강 다리 위에는 '극단적 선택'을 하지 말도록 권유하는 문구들이 군데군데 보이기까지 한다.

한때는 지구의 주인이었지만 지금은 슬리퍼 짝으로 얻어맞고 온갖 살충제로 무자비한 공격을 받기도 하지만 질긴 생명의 끈을 놓지 않는 바퀴의 메시지가 있어 전한다.

당신들이 미워하는 바퀴의 말이라고 무시하지 마세요. 우리 바퀴들은 당신들과 잘 지내고 싶습니다. 물론, 우리가 어두운 밤에 당신들을 놀라게 해서 늘 미안해하고 있어요. 우리도 살려면 어쩔 수 없답니다. 우리와 함께 사는 것을 힘들어 하지 말고 받아들이세요. 우리의 생명력 아시죠? 우리가 어찌 살아왔는지 아신다면 우리와의 싸움을 중지하실 거예요. 요즘 화두가 나눔과 공감, 소통인데 큰 의미로는 우리 같은 야행성 곤충도 포함된다고 생각해요. 그제는 배가 고파서 부엌을 어슬렁거리다가 당신이 전화하는 것을 들었어요. 아~ 이게 어쩐 일인가요? 또 슬픈 소식을 듣게 되었어요. 당신이 석 달 전 같은 내용의 전화를 받았는데 또… 그런 일이… 이번엔 당신 아들의 후배가 삶을 포기했지요. 그땐 지인의 아들이었고요. 그제는 비까지 내려서 가슴이 더 아팠어요.

그날, 나는 당신 아내가 부엌에 나를 위해 남겨 둔(미안해요, 항상 긍정적으로 생각해서) 고기를 먹으러 왔다가 그 소식을 듣고 차마 고기가 넘어가지 않아서 그냥 집으로 왔어요. 그래서 이 메시지를 보내는 겁니다.

이 메시지를 세상에 널리 알려주세요. 어떤 고난과 수모를 겪더라도 버티고 살아야 한다고요. 당장의 고통이 너무 크다고 생각할 수 있지만 잘 생각해 보면 별것 아닌 일이라고요. 외롭고 두려워할 필요 없다고요. 힘들 땐 사랑하는 가족이나 친구들과 이야기를 나눠봤으면 해요. 내 마음을 열고 내 상처를 보이면서요. 말하지 않으면 잘 몰라요. 내 마음 나도 모를 때가 많은데 아무리 자식이고 형제라 해도 가슴 속 깊은 곳에 파묻힌 마음을 어찌 알겠어요.

무식하고 추한 바퀴 주제에 별꼴이라고 생각진 말아 주세요. 벌써 새벽이 밝아오고 있네요. 먹을 것을 구하러 나갔던 우리 가족들이 돌아오고 있어요. 이제 우리는 쉬어야 할 때가 되었고, 당신들은 일할 시간이 되었네요. 늘 공존의 삶을 기대하며, 오늘은 이만!

내일은 어떤 난관에 부닥치고 무엇이 나의 밥그릇을 위협할지 모른다. 어떻게 해야 하나? 바퀴로부터 힌트를 얻을 수 있다. 바퀴가 언어 맞고도 살아날 수 있는 것은 우선 몸을 납작하게 만들 수 있는 탄성을 가지고 있기 때문이다. 인간도 생존력을 높이려면 우선 몸을 낮게 하고 탄력을 유지해야 한다. 나긋나긋하게 살아야 하는 것이다.

'나만 삶이 왜 이 모양일까?'라고 생각할 필요가 없다. 오늘의 빈천이 내일의 부귀로, 오늘의 역경이 내일의 안락으로 바뀔 수도 있다. 인간사 역시 마찬가지다. 현재 귀한 위치에 있는 사람에게 천한 과거가 있었을 수 있고 오늘 부富를 누리는 사람에게 빈貧했던 어제가 있었을 수도 있다.

사실 우리는 어디서 왔다가 어디로 가는지도 모른다. 여름날의 싱싱한 잎사귀도 얼마 후면 낙엽이 되어 뿌리를 향해 떨어진다. 세상사, 인생사 모두 낙엽귀근落葉歸根일 뿐이다.

사는 동안 이것저것 너무 심하게 따져 삶을 복잡하고 어둡게 만들 필요는 없다. 빈하고 천해도 살아야 한다. 누가 뭐래도 살아야 한다. 어쨌든 살아야 한다. 내일을 살아본 사람은 아무도 없지 않은가?

버티고 살다 보면 바뀐다.

04

황재를 일으키는 메뚜기 蝗蟲 황충

새만금으로도 잘 알려진 김제 만경평야는 한반도에서 유일하게 지평선이 보이는 생명의 땅이었다.

여름이 가을의 입구를 서성일 때면 벌판은 장엄한 대지의 활력을 있는 그대로 다 보여주었다. 시선을 돌려 찬찬히 살펴본 논에도 또 하나의 우주가 있다. 논 가를 나는 실잠자리, 잔 이슬 맺힌 거미줄, 질척한 논바닥에는 꿈틀거리는 미꾸라지와 숨어 있는 우렁이, 논두렁에서는 논 뱀이 '쉭' 풀을 가르는 소리를 내며 미끄러져 가는 모습까지 보게 된다.

추수철이 돌아오면 허출한 소년들은 볏 속 사이를 뒤지며 메뚜기를 잡아 주전자에 넣었다. 손바닥은 메뚜기 입에서 분비된 끈적끈적한 까만 액이 묻기 일쑤였다. 숙제도 미루고 잡은 메뚜기는 집에 가지고 가서 양은 냄비에 귀한 기름 한 수저를 두르고 볶아서 형제들과 나누어 먹는다. 먹을 것이 귀하던 시절이라 메뚜기는 농촌에서 괜찮은 간식거리이자 중요한 단백질 공급원이었다.

요즈음은 어지간해서는 메뚜기를 보기조차 어려운지라 메뚜기볶음은 언감생심이다. 중국 남부나 동남아에 가면 메뚜기볶음이 길거리 음식으로 인기를 끌고 있다.

미국의 곤충 음식 전문 레스토랑에 튀긴 메뚜기를 올린 샐러드가 있다. 바삭한 메뚜기의 식감과 채소의 아삭함이 독특한 콤비를 이룬다.

이 또한 지나가리라

농작물이 잘 자라야 하는 여름철에 찾아오는 수재水災, 한재旱災는 치명적이다. 하지만 얼마 후 재해 하나가 더 있다. 추수철에 메뚜기 떼가 일으키는 황재蝗災이다.

메뚜기에게는 이때가 제철이겠지만, 수재와 한재를 겪고 난 농민에게 수확기의 곡식과 채소를 흔적도 없이 휩쓰는 황재는 그 충격과 실의가 이만저만이 아니다. 중국 역사상 황하黃河강 하류에서 발생하는 황화蝗禍의 규모가 특히 컸다. 메뚜기가 휩쓸고 간 마을 사람들은 굶주림을 견디지 못해 도적 떼로 변해버리기 일쑤였다. 메뚜기 황蝗 자에 임금 황皇 자가 들어간 이유도 '황제처럼 거대한 무리를 이끈다'는 의미가 내포되어 있다.

미국 선교사의 딸로 태어나 중국에서 어린 시절을 보낸 펄 벅Pearl Buck●은 1931년 출간한 소설《대지》에서 메뚜기의 피해를 이렇게 묘사했다.

'하늘에 검은 구름처럼 저 멀리에 있다가 삽시간에 부채꼴로 퍼지면서 하늘을 뒤덮었다. 그들이 내려앉고 나면 대지는 잎사귀 하나 볼 수 없는 황무지로 변해 버렸다'

수재와 한재처럼 황재蝗災 역시 사람이 손쓸 방법은 없다. 때가 되면 비가 멈추고 비가 내리듯 메뚜기도 때가 되면 사라진다. 지금 받고 있는 죽을 것 같은 고통이나 상황도 때가 되면 사라진다.

요즘 사람들이 즐겨 사용하는 '이 또한 지나가리라This, too, shall pass away'가 황재를 대처하는 유일한 방법이다. 이 문구에는 무기력함이 묻어나 이 문구를 쓰는 사람조차 방관자처럼 보여 썩 좋은 문구라고 생각하지는 않았지만, 이 또한 생존을 위한 전략으로 볼 수밖에 없지 않은가? 본래는 라틴어 'Et hoc transibit'라고 쓰던 말이다. 중국에서는 '시역과의是亦過矣'라고 표현한다.

● 펄 벅(Pearl Buck): 1892~1973, 미국인으로 소설《대지》를 써서 노벨문학상을 수상한 소설가이자 인권 사회운동가이다. 펄 벅은 이 책에서 이렇게 무리를 지어 하늘을 나는 메뚜기를 'locust'라고 표현했다. 한편, 우리나라 논두렁이나 풀밭에서 뛰는 여치, 풀무치, 베짱이 같은 메뚜기류는 'grasshopper'라고 한다.

인간의 힘으로 통제할 수 없는 일이나 당장 해결이 안 되는 일과 부딪혔을 때 바둥대고 몸부림치며 자신을 소모할 필요가 없다. 시간의 바구니에 담아 놓고 기다리면 된다.

메뚜기도 한철

────

메뚜기는 알에서 유충, 성충 순으로 자란다. 번데기 과정이 없으니 불완전변태不完全變態를 한다. 메뚜기와 같이 불완전변태를 하는 클래스메이트는 잠자리, 매미, 사마귀와 바퀴벌레다.

그들 중 6개월만 사는 메뚜기의 식욕이 가장 왕성한데, 곤충은 수명이 짧으면 짧을수록 번식력은 더욱 강해진다. 강한 번식력을 위해서는 왕성한 섭취가 필요하다. 메뚜기는 하루에도 자기 몸무게의 두 배에 달하는 농작물을 먹어 치운다.

식욕이 왕성한 번식기의 메뚜기를 가리켜 '메뚜기도 한 철'이라는 말이 나왔겠지만, 이 말은 전성기도 한때, 좋은 일도 잠시일 뿐이라는 뜻으로 사용된다. 사람이 뜻을 이루면 우쭐하고 의기양양하지만 금방 기울어버릴 수 있다는 뜻으로 빈정거릴 때 쓰는 말이다.

요즘 메뚜기도 한철이라는 말의 의미가 조금 달라진 것 같다. 메뚜기가 벼의 잎을 먹는 시기가 정해져 있듯 이권을 챙길 수 있을 때

실컷 챙기라는 독려의 의미가 담겨 있어 여간 거슬리지 않는다.

'메뚜기도 한철이라는데 모르는 척해야지…, 나도 저 자리에 가면 저 친구가 봐주겠지'

혼자 있으면 양순한 메뚜기도 주변에 메뚜기들이 모이면 동화작용同化作用으로 황충화蝗蟲化된다.

사람이 메뚜기떼가 되면 대책이 없다. 국민이 뽑은 선출직 정치인들이 메뚜기떼처럼 무리를 지어 일사불란하게 뜻을 같이하는 일은 자신들의 대우를 올릴 때다. 네 이익이 곧 내 이익, 너희의 이익이 곧 우리의 이익이 될 때만 뭉친다. 자신의 잘못이 드러나면 억울하다고 항변한다. 다른 사람도 같이했는데 자신만 지목되니 억울한 것이다.

메뚜기가 쓸고 간 논이 황폐해지듯 내 것을 챙기는 정치인들로 백성의 마음은 황폐해진다. 마음이 황폐해진 백성들은 허기를 더 느끼고 더욱 생존에 집착하게 된다.

메뚜기의 황충화蝗蟲化는 자연현상일 뿐이지만 사람 메뚜기떼는 정치적 무관심으로 함량 미달인 자들을 제대로 솎아내지 못해서 생긴 인재人災이다. 메뚜기떼는 날씨가 추워지면 사라지지만 사람 메뚜기떼는 사시사철, 아니 평생 우리가 먹어야 할 것을 먹어 치운다.

역사적 곤충

　성경 구약성서의 〈출애굽기出埃及記〉에서는 황화蝗禍를 단순한 재앙이 아닌 하늘에서 내린 벌로 묘사하였다. 〈출애굽기〉는 이집트에서 노예로 살던 이스라엘인들이 이집트를 탈출한 기록이다. 하늘의 명을 받은 모세가 이스라엘인들을 이집트 땅에서 나가게 해달라고 파라오에게 말하자, 파라오는 이를 거절하고 이스라엘 백성에게 더 심한 박해를 가하였다. 하늘은 모세를 통해 이집트에 열 가지 재앙을 내렸다.

　첫 번째 재앙은 이집트의 강물을 피로 변하게 하는 것, 두 번째로는 개구리 떼의 습격, 세 번째는 모기떼의 습격인데, 그 열 가지 재앙 중 여덟 번째가 이집트를 메뚜기로 뒤덮어 버리는 것이었다. '메뚜기가 날 때 해를 가려 땅이 어두웠고 모든 식물을 먹어 치워 푸른 것은 남지 않았다'라고 기록하였다.●

　황화蝗禍로 인한 혹독한 굶주림 속에서도 일부 중국인들은 메뚜기를 볶아 먹지 않았다. 메뚜기 이름에 있는 황蝗 자 때문이었다. 메뚜기는 무슬림도 드물게 먹는 곤충이지만 당시 중국인 중에는 '황제皇帝'의 황皇 자가 들어간 곤충을 먹는 것을 불경스럽게 생각하는 사람들도 있었기 때문이다.

● 구약성서 〈출애굽기〉 10, 4~6

역사적으로 메뚜기는 중동 사람들과 인연이 깊은 곤충이다. 아랍에미리트의 도시 '두바이'는 아랍어로 '메뚜기'라는 뜻이다. 끝없는 사막을 전후좌우 자유자재로 뛸 수 있는 메뚜기처럼 두바이 역시 어디로든 가기 편한 사막의 교통 허브다.

중국에서도 황화는 천벌이라는 인식이 있었다. 당唐나라 태종 이세민李世民은 메뚜기떼와 관련된 일화를 남겼다.● AD 628년 당나라 수도인 장안長安에 가뭄이 들고 황화가 일어나자 태종은 뜰에 나가 농작물의 잎과 줄기까지 먹는 메뚜기 몇 마리를 집어 들고는 이렇게 말했다.

"사람은 곡식을 먹고 사는데 네가 다 먹어 치우면 백성들은 어쩌란 말이냐? 백성에게 잘못이 있다면 내 허물일 터인즉 너희들이 내 심장을 먹더라도 백성에게는 해를 주지 마라"

이윽고 태종이 메뚜기를 삼키려 하자 주변의 신하들이 말렸다. 태종은 끝내 메뚜기를 날로 삼켰다. 이후 황화가 일어나지 않았다는 이야기다. 왕권 강화를 위한 우상 숭배용으로 지어낸 이야기일 수 있지만, 황화의 심각성은 충분히 짐작할 만하다.

메뚜기를 날것으로 삼킨 당 태종 때문에 조선의 임금들이 적지 않은 스트레스를 받았던 것 같다. 18세기 조선의 영조는 장기간 가뭄

● 《정관정요(貞觀政要)》제30장 〈논무농(論務農)〉.《정관정요》는 당태종의 언행을 기록한 책으로 당시 제왕학의 기본 텍스트였다.

과 충해가 발생하자 "당 태종은 메뚜기를 삼켜서 백성을 구했는데, 늙은 나는 이 부덕함을 어떻게 해야 하나?"라고 자탄하였다.●

메뚜기의 피해가 만만치 않던 조선 후기에 실학자 서유구는 그의 명저名著《임원경제지林園經濟志》에 농작물을 심을 때에는 토란과 같이 메뚜기가 먹지 않는 작물을 섞어 심으라는 조언을 하기도 하였다.

공존과 세로토닌

인류는 메뚜기와 지긋지긋한 싸움을 벌이면서 '저것들이 다 처먹으면 내 새끼들은 먹을 것이 없다'는 식의 적개심을 품게 되었다. 역사를 보아도 구약 성경에서《삼국사기三國史記》까지 메뚜기를 해충으로 묘사하고 있다.

인간이 메뚜기와 오랜 세월 갈등을 벌이는 동안 메뚜기 역시 자신들을 공격 대상으로 보는 인간을 향해 신경질적이고 공격적으로 변하였고 똘똘 뭉쳐 인간을 공격하게 되었다.

'네가 죽어야 내가 사는' 싸움을 하는 동안 메뚜기 역시 인간이 자신들에게 호의적이지 않다는 것을 알게 되었을 것이다. 그것은 자

● 《영조실록》, 1765년

연의 원리다.

우리는 어떤 곤충과도 '먹을 것'을 놓고 이렇게 심각하게 싸운 적이 없다. 침이 있는 벌, 호전적인 사마귀, 여름밤의 모기조차 우리와 전면전을 벌인 적은 없다.

메뚜기가 갑자기 구름처럼 떼로 나타나는 이유는 온도와 습도가 특정 포인트에 도달하면 개체 수가 폭발적으로 늘어나기 때문이다. 메뚜기의 출현은 태풍이나 지진처럼 예방할 수도, 예측할 수도 없는 자연현상일 뿐이다.

1874년 메뚜기가 미국 미네소타주를 3년 동안 휩쓸자 오죽하면 당시 필스베리 Pillsbury 주지사는 방제를 포기하고 '감사 기도의 날'을 정하여 모두 한 목소리로 기도할 것을 제의하였다. 이후 모두 모여 기도한 지 3일 만에 엄청난 비가 내려 메뚜기가 사라졌다는 이야기가 있다. 이 일화는 교회 목사님의 단골 설교 목록에 들어간다.

우리는 논농사를 시작한 이래 삼국시대, 고려시대, 조선 후기에 이르기까지 우리를 두렵게 만들고 비탄에 젖게 한 메뚜기의 황화로부터 이제야 겨우 해방이 되었다. 6.25 이후 미국에서 가져온 농약으로 메뚜기를 '박멸'시켰기 때문이다. 게다가 다수확 품종까지 개발되어 배를 곯는 사람도 없어졌지만 우리는 시간이 지나면서 메뚜기가 없는 땅은 생명의 땅이 아니라는 것을 깨닫게 되었다.

생명의 땅에서 생산된 유기농 쌀에 대한 수요가 늘자 자취를 감추었던 메뚜기가 '메뚜기 쌀'과 함께 부활하여 우리 곁에 왔다.

"우리 쌀은 조금 비싸기는 하지만 메뚜기가 사는 논에서 생산되었습니다"라는 농부의 외침은 메뚜기와의 종전 선언인 동시에 공존 선언이었다. 인간과 메뚜기가 같이 먹고 사는 공생 구조가 시작된 것이다. 세상은 자연과 공존했을 때 제대로 작동한다.

메뚜기 입장에서는 "우리를 죽이려고 하더니 이제는 같이 잘 살자고 하네"라고 빈정댈 수 있지만, 메뚜기 역시 인간이 자신들과 같이 생태계의 일원임을 잘 알 것이다.

메뚜기 중에 개별적으로 생활하는 메뚜기는 연두색을 띠고 주로 밤에 활동한다. 이들은 온순한 편으로 짝짓기 때만 모인다. 반면 집단생활을 하는 메뚜기는 흑갈색으로 공격적이다. 주로 낮에 활동한다.

어떤 메뚜기가 개별 생활을 하고 또 어떤 것이 집단생활을 하는지는 메뚜기알을 보면 알 수 있다. 까 놓은 메뚜기알 위에 거품이 있으면 군집성 메뚜기가 태어나고, 거품이 없으면 개별 생활을 하는 메뚜기로 태어난다는 옥스포드대와 케임브리지대 합동 연구팀의 관찰이 있었다. 최근 연구진은 그 거품 속에 모종의 화학물질이 군집성을 일으킨다는 결론을 내렸다.[•] 연구팀은 그 화학물질을 세로토

• "Serotonin Mediates Behavioral Gregarization Underlying Swarm Formation in Desert Locusts" by Michael L. Anstey, Stephen M. Rogers. AAAS Science 30 Jan 2009 Vol. 323 pp. 627-630

닌이라고 밝혔다. 군집성 메뚜기의 신경계는 개별 생활을 하는 메뚜기보다 세 배 이상의 세로토닌을 분비한다는 사실을 찾아냈다. 메뚜기에게 세로토닌을 주입하면 무리를 지어 공격성을 띠고, 군집성 메뚜기도 세로토닌을 차단하면 성질이 온순해지고 개별적으로 행동하는 것으로 나타났다.

사람에게 있어 세로토닌은 과격한 마음을 잡아주어 '행복하게 만드는' 기능을 한다. 심지어 《세로토닌하라!》라는 책이 있을 정도다. 세로토닌이 사람에게는 반대로 작용하는 것이다.

같은 물질이라도 대상에 따라 결과가 달라진다. 누구에게는 약이 되지만 다른 사람에게는 독이 되기도 하고, 독으로 생각한 것이 때로는 약이 되기도 한다.

오랜 세월 황화를 일으켜 해를 끼치던 메뚜기가 인류를 위해 기여할 수 있는 방안이 하나씩 소개되고 있다. 최근 메뚜기가 폭발물 탐지에 크게 기여할 것 같다는 뉴스가 있었다. 몸무게가 가벼운 메뚜기는 폭발물을 건드려도 폭발하지 않고 우수한 후각으로 폭발물을 찾아낸다는 것이다. 메뚜기의 뇌에 전선을 연결하여 뇌의 전기 신호를 외부 컴퓨터로 전송하는 전자 회로를 붙여 메뚜기가 폭발물을 감지하면 0.5초 안에 컴퓨터에 경보 신호가 울리는 원리이다.●

● "Could be used to sniff out bombs…" 17 Feb, 2020 http://www.dailymail.co.uk

인간이 생명을 유지하는 필수 영양소인 단백질은 동물성이 식물성보다 효율이 높다. 동물성 단백질의 주 공급처인 소나 돼지, 닭 등을 사육하면 온실가스가 방출되어 환경이 오염된다. 곤충 사육은 같은 양의 단백질을 공급하는 데 가축 사육보다 사료는 1/10, 온실가스역시 1/10만 방출하기 때문에 지구를 살리는 처방 중의 하나로 논의되고 있다. 대부분의 곤충은 식용이 가능하지만 먹어 본 경험이 있고 맛도 좋은 메뚜기가 가장 인기가 있을 것이다.

메뚜기와 동방미인

'동방미인東方美人'은 대만의 대표적인 우롱차로 원래 이름은 평평차膨風茶인데 감미로운 향기가 일품이다. 대만의 어느 차 농부가 수확 시기를 놓쳐버려 벌레가 찻잎을 파먹고 말았다. 낙담한 농부는 몇 푼이라도 건져보려고 벌레 먹은 찻잎으로 차를 만들어 시장에 내다 팔았는데 의외로 맛과 향이 독특하다는 평을 받아 사람들이 계속 찾는 고가의 차가 되었다. 이후 차 맛을 보게 된 영국의 빅토리아 여왕이 차의 풍미가 '동방의 미인Oriental beauty'과 같다고 평한 것이 그대로 이름이 되었다.

동방미인은 메뚜기의 일종인 '부진자浮塵子'라는 벌레가 갉아먹은 찻잎으로 만드는 유기농 차이다. 부진자가 농약에 약하기 때문에 동방미인이 생산되는 양은 적을 수밖에 없다. 적은 생산량의 동방미인은 당연히 고가로 팔린다.

포장된 차의 윗면에는 부진자가 표시되었는데 부진자 다섯 마리가 찍힌 동방미인을 최고로 쳐준다.

메뚜기 쌀과 동방미인은 불행을 주던 메뚜기가 행운을 준 경우이다. 불행이 찾아왔을 때 주저앉으면 망가진 인생이 된다. 열악한 것은 뒤집어 생각해야 한다. 뒤집어 생각하면 보이지 않던 이면이 보인다. 오랜 세월 역사의 질곡을 경험한 중국인들이 '다른 하나'라는 뜻의 '링이另一'이라는 말을 자주 쓰는 것은 우연이 아닐 것이다.

인간과 메뚜기가 공존을 위한 새로운 길을 모색하듯 인간도 서로 양보와 타협을 해야 하는 공존의 시대가 왔다.

대법원 앞을 지나다 보면 극렬한 주장을 하는 사람들을 자주 본다. 상대방을 메뚜기떼 취급하고 스스로 메뚜기떼처럼 달려들기도 한다. 오늘은 아무개 패가 와서 난리를 치고 다음 날은 다른 쪽에서 요란을 떨면서 '너희가 죽어야 우리가 산다'는 식의 주장을 한다. 내 주장만 한다고 되는 것도 아니고 누구를 타파한다고 되는 것도 아니다. 공존하기 위해서는 '어느 선에서 적당히 타협할 것인가?'가 이슈일 뿐이다.

우리는 이제 모두 태평천하에서 살고 있다. 불과 몇십 년 전만 해도 꽁보리밥도 못 먹어 굶는 사람이 숱했다. 겨울철에도 고무신을 신었고 옷은 형과 언니가 입었던 것을 물려 입었다.

지금은 어떤가? 먹는 음식의 1/3이 버려진다. 낮에 힘든 일을 하는 분들도 멋쟁이가 되어 퇴근한다. 입는 것으로 사람의 격을 따졌던 때를 생각하면 세상이 바뀐 것을 실감한다.

과거에는 행복의 조건이 이것저것 많았지만 지금은 까다롭지 않다. 이제는 먹는 것, 입는 것을 골고루 누리는 공평한 세상이 되었다. 누구나 다 멋쟁이다.

사람들은 의외로 행복을 휴대폰에서 찾는다. 어른도 아이도 늘 휴대폰을 들여다보며 미소 짓는다. 음악을 들으며 감동하고 동영상을 보며 파안대소를 한다. 어떤 것도 휴대폰이 주는 만족을 따라갈 수 없다.

행복이 공평해지면서 각자의 자의식이 강해지고 자존심도 커졌다. 이제는 모두가 모두에게 너그러워져야 할 때다. 인간이 메뚜기와 타협하여 공존하듯 이제는 인간끼리도 아름다운 공존의 삶을 살 때가 되었다.

PART 5

곤충이 아닌
충선생

虫·선·생

01

바다를 모르는 개구리蜻蛙 청와

농촌 인구는 해마다 줄고 있다. 30년 전보다 ¼로 줄었다고 한다. 한 집에 대여섯씩 낳던 아이들을 점점 덜 낳게 된 탓도 있지만 성장한 아이들마저 하나둘씩 도회지로 떠나다 보니 농촌에는 어르신들만 남게 되었다.

오랜만에 걸어보는 논두렁 길에도 적막이 흐른다. 논물 위를 미끄러지듯 걷는 소금쟁이의 모습도, 논두렁에서 논물로 뛰어드는 개구리 소리조차 듣기 힘들게 되었다. 그 시절 농촌 아이들에게는 도회지 아이들에게 없는 두 번의 농번기 방학이 있었다. 첫 번째 농번기 방학은 우물가 앵두가 익어가는 6월 초에 있었다. 기간은 3~4일 정도였다. 아이들은 어린 손으로 보리 수확과 모내기를 도왔다. 아이들이 발을 담그는 초여름 논에는 어디를 둘러보아도 개구리들이 물 위에 머리를 드러내 놓고 망연한 시선으로 목을 헐떡이고 있다. 논일을 끝낸 아이들이 우물가에서 진흙 묻은 종아리를 씻고 저녁을 먹고 나면 논에 있던 개구리들은 그야말로 아들, 손자, 며느리 다 모여서 자신들만의 리듬과 발성으로 온 마을을 덮는다. 아이들은 문 밖에서 들리는 개구리 울음소리 속에 고단한 몸을 맡기고 꿈의 대화를 시작한다.

땅과 물에서 사는 개구리는 멀뚱한 눈, 헐떡이는 목덜미, 넓적한 입, 짧은 앞다리와 긴 뒷다리에 네발 모두에 물갈퀴까지 있어 헤엄도 치고 울음주머니를 부풀려 울기도 한다. 개구리는 3월 초 경칩이 되면 긴 동면에서 깨어나 5월 초 논에 물 대는 시기가 되면 논물에 몸을 담그고 머리만 내놓은 채 울어댄다. 논에 물을 대는 시기가 지방과 위도에 따라 다르니 개구리가 울기 시작하는 시기 역시 지방과 위도에 따라 다 다르다.

개구리가 우는 이유는 분명하다. 번식 때문이다. 우는 시기가 바로 번식기이다. 수컷들이 암컷을 향해서 처절하게 우는데, 암컷은 울음소리를 듣고 마음에 드는 수컷을 선택한다. 수컷들이 다투듯이 죽도록 울어야 하는 이유는 수컷의 숫자가 암컷보다 많기 때문이다. 암컷 한번 제대로 만나지 못하고 계속 울어대기만 하는 수컷도 있다. 성비의 불균형은 생태계에서는 언제나 중요한 이슈가 된다.

개구리의 경우도 암컷이 수컷보다 크다. 개구리 암컷은 배 속의 알이 어느 정도 커지면 물가로 나온다. 암컷이 오면 수컷은 암컷의 등에 올라탄 후 앞다리로 암컷을 붙잡는다. 암컷이 산란을 하면 수컷은 정자를 방출하여 알이 수정되도록 한다. 수컷은 암컷이 물속에서 산란을 마칠 때까지 암컷의 등에서 떨어지지 않는다.

이후 알의 발육은 수온의 영향을 받는다. 대강 5일이 지나면 알에서 올챙이가 나온다. 수온이 섭씨 20도보다 높으면 더 빨리 나온다. 올챙이는 사흘이 지나면 눈이 생기고 뒷다리가 나온 후 이틀이 지나면 앞다리도 나온다. 네 다리가 다 나오고 나흘이 지나면 꼬리가 사라진다. 이때부터는 허파로 호흡을 할 수 있게 된다. 개구리는 피부로도 호흡하는데 동면을 할 때는 피부로만 호흡한다.

개구리는 주로 곤충을 먹는데 색, 모양, 냄새로는 먹이를 구별하지 못한다. 움직이지 않는 것에는 관심이 없고 오로지 움직이는 물체를 먹이로 생각한다. 개구리 앞에 강아지풀 같은 것을 좌우로 흔들기만 해도 먹으려고 날쌔게 덤빈다. 개구리는 시각과 후각이 아둔한 대신 순간 포착력이 발달하여 먹잇감이 움직이는 순간 먹이를 정확하게 잡는다.

올챙이 적

———

'개구리 올챙이 적 생각 못 한다'라는 우리나라 속담이 있다. 고생

끝에 성공을 하고 나면 지난날 미천하고 어렵던 때를 잊고 거만하게 행동하는 것을 경계하여 만든 말이다.

'빈천지교불가망貧賤之交不可忘'●이라는 말도 같은 맥락에서 나왔다. 출세를 하고 나면 나의 허물을 아는 친구나 고향사람을 멀리한다. 자신의 빈천했던 과거를 미화했던 사람들은 더욱 과거의 사실을 지우고 싶어한다. 자신은 올챙이 시절을 지웠지만, 남들이 자신에 대한 기억을 지워 주지 않아 문제다.

누구나 자신의 약했던 모습이 노출되는 것을 꺼린다. 아예 과거의 빈貧과 천賤은 자신도 기억하려고 하지 않는다. 잊고 싶기 때문일 것이다.

인격은 자신의 약했던 과거를 어떻게 '다스리냐'에도 달려 있다. 오늘날 성공한 사람 중에도 가난하고 대접받지 못했던 시절을 곱씹으면서 각박한 말을 하고 치졸한 행동을 보여주는 이들이 심심치 않게 있다.

정치 지도자 역시 어린 시절의 빈천을 마음에 담고 한을 품으면, 알량한 복수심과 비뚤어진 애민 사상 때문에 그가 세우는 정책에는 포퓰리즘의 어두운 그림자가 드리워지게 된다. 반대로, 과거의 부귀로만 마음을 채우면 선민의식選民意識이 생겨 기득권을 옹호하고 남의 말을 시시하게 여겨 불통不通에 빠지고 만다.

● 중국의 《후한서(後漢書)》 〈송홍전(宋弘傳)〉에 나오는 말로 원문은 빈천지교 불가망(貧賤之交 不可忘) 조강지처 불하당(糟糠之妻 不下堂)이다.

동창회에서 만나는 두 친구가 대비된다. 한 친구는 학교에 다닐 때 공부는 잘 하지 못했지만 늘 웃는 인상이었다. 상처喪妻를 한 뒤 딸 둘을 데리고 살면서도 늘 웃었다. 나중에 사업이 잘되어 꼬마 빌딩도 하나 소유하게 되었다. 이 친구는 동창 모임에 오면 막걸릿잔을 기울이며 자신의 올챙이 시절을 인정한다.

"재식이는 공부를 잘하고, 계부는 운동을 잘했고 정말 멋졌어! 늘 부러웠어. 나는 왜 그리 공부가 하기 싫던지…"라고 허심탄회하게 말한다.

자신의 학창 시절을 그대로 이야기하는 그 친구의 담백한 모습이 돋보인다.

다른 친구는 가정 형편이 어려워 진학을 포기하고 일찍 돈벌이를 시작하였다. 그 후 여러 번의 부침을 겪었지만 결국 부동산으로 큰 돈을 벌었다.

동창회에 나올 때는 외제차를 타고 금딱지 시계를 차고 나온다. 비싼 술값도 내지만 다른 친구들의 호응은 별로이다. 자신의 올챙이 시절을 금빛으로 포장하려 하기 때문이다.

개구리와 전기
————

프랑스인들은 음식을 만들 때 중국인들 못지않게 다양한 식자재를 쓴다. 우선 몇 가지만 꼽아도 '에스카르고Escargot'라고 부르는 달팽이, 말고기, 토끼고기, '푸아그라Foie Gras'라고 부르는 거위의 간, 그리고 개구리다.

개구리 요리를 먹기 시작한 유래는 중세로 거슬러 올라간다. 당시 교황청에서는 가톨릭 수도사들의 비만이 논란이 되자 고기 금식령을 내렸다. 이미 고기 맛에 익숙해진 수도사들은 금식 목록에 없는 개구리를 고기 대용으로 먹기 시작하였다. 수도원 너머에 사는 가난한 농부들도 수도사들을 따라 개구리 고기를 먹기 시작하였다. 오늘날 프랑스의 웬만한 중소도시에는 개구리 뒷다리를 튀김으로 만들어 코스 메뉴로 제공하는 식당들이 있다.

개구리는 우리 농촌에서도 자주 먹었다. 단백질 섭취가 쉽지 않았던 시절에는 논에서 잡은 참개구리를 고아서 허약한 아이들에게 마시게 하였다. 뽀얀 색의 개구리 국물은 보기만 해도 단백질이 풍부하게 보였다. 다른 나라에서는 굽거나 튀겨 먹지만 국물을 즐기는 우리나라에서는 주로 고아서 마셨다.

18세기 이탈리아 볼로냐 대학의 해부학자 루이기 갈바니Luigi Galvani의 부인도 몸이 허약하여 보신으로 개구리를 자주 고아 마셨다고 한다. 그러던 어느 날 갈바니는 개구리 껍질을 벗겨 금속 접시에 놓았더니 개구리 뒷다리에서 경련이 일어나는 것을 목격하였다. 또한 해부한 개구리의 뒷다리에 해부도解剖刀가 닿으면 경련이 일어난다는 사실도 알게 되었다. 갈바니는 이러한 현상은 틀림없이 전기와 관계가 있으리라 생각하고 동물의 근육에는 생체 전기가 있다고 주장하였다.●

그러자 여기에 호기심이 생긴 학자들은 동물의 생체 전기 존재를 밝히기 위한 실험에 매달렸다. 그중에는 동시대 학자 알레산드로 볼타Alessandro Volta도 있었다. 볼타는 개구리의 다리 양쪽에 같은 종류의 금속을 대면 개구리 다리가 움직이지 않지만, 각기 다른 금속을 대면 개구리 다리가 움직인다는 사실을 알게 되었다. 볼타는 두 종류의 금속을 접속하면 전기가 일어난다고 보았다. 그는 서로 다른 물질을 접속하면 각각 음극과 양극이 생기는 점에 착안하여 전기란 물리적인 마찰뿐 아니라 화학적으로도 발생한다고 믿었다.

이후 볼타는 구리판과 아연판 사이에 물로 적신 천을 넣고 이 장치를 통해 전기를 발생시켰다. 이 장치는 전지의 시초로 '볼타 전지'라고 부른다. 전지의 기본 원리는 두 물질을 양극과 음극으로 나누고 전해질을 사용해야 한다는 점이다. 이러한 원리는 오늘날의 전지에도 적용된다. 우리가 사용하는 전지의 단위인 볼트Volt나 볼티지Voltage는 볼타Volta의 이름을 딴 것이다.●●

갈바니 역시 전기공학 발전에 기여한 것은 틀림없다. 영어에 '전기가 통하다'는 뜻의 'Galvanize'라는 동사는 갈바니Galvani의 이름에

●   Galvanism − Wikipedia
●● The experiment that shocked the world by Andrew Lai, helix.northwestern.edu

서 따온 것이다. 오늘날 2차 전지 개발에 몰두하고 있지만 초기 전기 발전에는 개구리의 희생과 기여가 있었다.

청개구리 아들

충청남도 태안 천리포에 가면 꽤 넓은 '천리포 수목원'이 있다. 천리포 수목원은 따뜻한 해양성 기후 덕에 겨울철에도 '크리스마스 로즈', '스노드롭' 같은 생소한 이름의 겨울꽃이 핀다. 이 수목원은 미국 펜실베이니아주 출신으로 한국에 귀화한 민병갈 박사(Dr. Carl Ferris Miller: 1921~2002)가 1960년대 초부터 조성하였다. 그는 스스로 '임산林山'이라 호를 짓고 우리나라와 기후가 비슷한 세계 60여 국에서 수집한 식물 1만 6천여 종을 목련, 동백, 무궁화, 감탕나무(상록활엽수), 단풍나무류로 분류한 후 정성껏 관리하였다. 그 결과 국제수목학회는 2000년에 천리포 수목원을 '세계의 아름다운 수목원'으로 인증하였다.

민병갈 박사는 한국과 한국인을 좋아하고 '한국적인 것'에 애정을 쏟았다. 그중에서도 한국의 개구리를 특별히 사랑하였다.

한국 개구리의 뻐끔거리는 눈, 투박하고 소박한 얼굴, 정감 있는 걸음, 유사시 재빠르게 움직이는 모습이 전형적인 한국인의 인상과 비슷하다며 한국 개구리에 대해 애정을 표시하였다.

그가 만든 천리포 수목원 연못가에는 돌로 만든 개구리상이 있다. 아들이 미국으로 돌아오기를 기다렸던 어머니에 대한 불효자 '청개구리' 아들이 보내는 애정의 표현인지도 모르겠다.

정저지와井底之蛙

《장자莊子》에 '정저지와井底之蛙'라는 성어가 있다.

'우물 안에 사는 개구리는 자기가 사는 우물 안만 알 뿐이다. 우물 안 개구리가 바다에 대해 말할 수는 없다. 우물 바닥에서 하늘을 바라보면 하늘이 우물 만하게 보일 뿐이다'라는 뜻이다.

인간의 사고는 시간과 공간의 구속을 받을 수밖에 없다. 인간은 본 대로, 들은 대로, 경험한 대로 생각하고 판단한다.

시공의 제약을 극복하는 방법은 대화를 하거나 책을 읽거나, 영상물을 보고, 여행을 하면서 '우물 밖'을 경험하는 것이다. 이 중 가장 중요한 것은 대화이다. 대화를 통해 대인관계를 넓히고, 읽어야 할 책이나 여행할 곳의 정보도 알게 된다. 보통 남과의 대화를 피하는 사람들은 '불필요한 교제보다는 실實을 챙기는 것이 중요하다'라고 말하지만 알고 보면 허虛에서 나오는 뇌까림일 뿐이다.

여름벌레는 겨울을 경험하지 못했기 때문에 '얼음'이라는 것이 있는지 모른다. 여름이라는 시간의 구속 때문이다.

모르면 새로운 것에 대한 두려움이 생기고 누군가를 늘 부정적으로 보며 끊임없이 의심하고 불안해한다. 다른 사람이 내놓은 아이디어도 맞는지 조사하느라 시간을 허비한다. 심지어는 아이디어를 낸 의도까지 의심한다. 이들은 불안을 진정시키기 위해 과도하게 정의를 외치고 늘 애국심과 애사심을 입에 달고 산다. 그들 스스로는 신념과 소신을 주장하지만, 남들이 보기엔 아집일 뿐이다.

두려움과 의심은 사람을 쉬 피로하게 만든다. 피로를 면하려고 익숙한 사람을 찾아 의지한다. 같은 사투리를 쓰는 사람, 같은 학교 출신을 찾는다. 이때 익숙하지 않은 사람으로 분류되면 일찌감치 삿갓을 챙겨 먼 길을 떠날 채비를 갖추어야 한다. 이후 조직에서는 새로운 의견은 '잘난 체'로 폄하되고, 아이디어는 '쓸데없는 소리'로 무시된다. 이제 같은 종의 개구리들이 좁은 우물 속에서 높낮이가 같은 울음소리로 개굴개굴하기 시작한다.

알고 보면 우리는 대부분 우물 안 개구리다. 사람들은 흔히 '학연, 지연으로 뭉쳐 자기들끼리 다 해 먹는다'라고 비난하지만 자기도 그 사람과 같은 위치가 되면 머릿속에 같이 갈 사람으로 같은 학연, 지연의 사람을 떠올린다.

넉넉한 마음으로 '다른 것, 다른 사람'을 담을 수 있어야 우물 안 개구리를 면할 수 있다.

정저지와'를 극복하는 방법은 내가 속한 시간, 공간, 인간관계에서 벗어나 새로운 지식에 눈과 귀를 열어야 한다. 육안肉眼 보다 먼저 심안心眼을 열어야 한다. 그래야 지금까지의 '고지식固知識'에서 벗어나 '신지식新知識'을 얻을 수 있다.

그 후로도 끊임없는 사색과 '내가 틀릴지 모른다'라는 겸손한 성찰이 필요하다. 사색과 성찰은 새로운 피드백을 주고 의식을 한 차원 업그레이드시킨다.

사실 '정저지와'는 개구리의 잘못이 아니라 태어날 때 주어진 환경 탓일 뿐이다. 시골에서 평생 농사만 지은 노인의 '세상을 보는 눈'에 깜짝 놀라기도 하고 좋은 대학을 나오고 여행도 많이 한 사람이 답답하고 편협한 생각을 할 때 실망하기도 한다. 많이 배웠다고 '우물 안 개구리'를 면하는 것도 아니다. 보고 배운 것이 다가 아니다. 세상사를 어떻게 다 보고 배우겠는가?

육안이 아닌 심안으로 세상을 바라보면 우물 밖의 넓고 푸른 하늘을 볼 수 있다.

02

최후의 수혜자 두꺼비蟾 섬

지난 토요일 늦은 밤, 습한 날씨였다. 한강 변을 따라 산책을 하는데 두어 걸음 전 풀밭에 있었던 물체에 불현듯 눈이 갔다. 저게 뭘까? 발길을 돌려 자세히 보니 두꺼비였다. 서울에서 두꺼비를 보다니! 놀랍기도 반갑기도 하였다. 두꺼비는 여전히 몸은 꼼짝도 안 하고 눈만 이따금씩 껌벅거리고 있었다. 살아 있는지 죽었는지조차 모를 정도였다.

두꺼비는 개구리보다 눈에 덜 띈다. 좀처럼 보기 힘들다. 그런데도 두꺼비는 개구리보다 친숙하게 들린다. 소원을 빌 때 두꺼비를 찾고, 전기 분전함도 두꺼비집이라고 부르고, 소주병에 두꺼비 상표를 붙이기도 한다. 심지어 대형건물 앞에 두꺼비 상이 서 있기도 하다.

두꺼비가 지니의 램프도 아니고, 전기하고는 아무 상관도 없다. 술과 두꺼비 역시 관련이 없지만, 두꺼비의 이미지는 긍정적이다. 이리 뜯어보고 저리 뜯어보아도 두꺼비는 '어글리Ugly'하다. 짧은 목과 다리, 좌우로 큰 머리통, 울퉁불퉁한 검은 돌기로 덮인 등짝, 근육이 발달하지 못해 날렵하게 뛰지 못하고 느릿하게 기는 모습, 길게 찢어진 주둥이, 피부를 덮은 끈적이는 흰색 독 진액은 두려움까지 준다. 생김새 또한 개구리보다는 악어에 가깝다. 두꺼비의 외관은 '비호감'이지만 우리의 삶 속에는 오랜 세월 두꺼비가 있다고 해도 지나침이 없다. 귀엽고 사랑스러운 이미지의 개구리는 못생긴 두꺼비의 카리스마에 눌렸다고 보아야 할 것 같다.

주로 한국, 중국, 일본에 사는 두꺼비는 개구리보다 몸통이 크고 10cm가 넘게 옆으로 퍼져 있는 것들도 있다. 두꺼비와 사촌 간인 맹꽁이는 두꺼비보다 머리가 짧고 몸통은 짙은 녹색으로 등에는 검은색 무늬가 있지만, 두꺼비 등에 있는 진액은 보이지 않는다. 두꺼비는 여름에는 직사광선을 피해 주로 밤에 활동하고 더위를 피해 굴을 파고 들어가 여름잠을 잔다. 겨울에는 추위를 피해 겨울잠을 잔다. 평소에도 불필요한 행동은 피하고 휴식을 취하면서 에너지를 비축한다. 두꺼비는 이런 식으로 몸을 잘 보양해서 그런지 양서류 중 60년을 사는 도롱뇽에 이어 두 번째로 긴 30년을 산다.

늘 쉬는 듯 웅크리고 있는 두꺼비도 항상 '슬로우Slow' 모드는 아니다. 벌레나 곤충이 사정거리에 들어오면 삽시간에 먹어 치운다. '두꺼비 파리 잡아채 먹듯'이라는 말도 이런 연유에서 나왔을 것이다. 완벽한 보호색을 하고 '정靜'의 모드에 있다가 순식간에 '동動'의 모드로 급전환하는데, 평소에는 가만히 쉬고 있다가 결정적일 때 신속하게 '한칼'을 쓰는 것이다. '매는 조는 듯 앉아 있고, 호랑이는 병든 듯이 걷는다'라는 말도 같은 맥락이다. 《채근담菜根譚》에 나오는 '응립여수 호행사병鷹立如睡 虎行似病'이다.

독일 속담에도 '마지막에 웃는 자가 가장 잘 웃는다Wer zuletzt lacht, lacht am besten'라는 말이 있다. 마지막을 웃음으로 마무리하기 위해서는 평상심을 하고 참고 기다려야 한다. 기다려야 상대방의 움직임과 전략도 간파할 수 있다. 그래야 에너지를 집중했다가 결정적 순간이 오면 일시에 사용할 수 있다. 두꺼비처럼!

용과 두꺼비

———

이웃집 어린 아들에게 '떡두꺼비 같다'는 덕담을 하기도 한다. '떡'이라는 말에는 넉넉함과 행운의 뉘앙스가 느껴진다. 발음상 '덕德'이 연상되기도 한다. 이런 이유로 '떡두꺼비'라는 말은 최고의 덕담이 되고 '두꺼비상'이라고 하면 부자의 관상을 가리킨다. 꿈도 용꿈과 두꺼비 꿈을 최고로 친다.

한 친구가 자신이 사는 아파트는 재건축 연한이 20년을 넘겼지만 재건축이 될 기미조차 안 보여 차를 주차할 때마다 불편이 이만저만이 아니라고 한다. 그 친구는 자신이 어렸을 때 모래를 가지고 손으로 두꺼비 집을 지으며 '두껍아, 두껍아, 헌 집 줄게, 새 집 다오'라는 동요를 부른 일이 있다고 하면서 재건축을 위해 다시 두꺼비 동요를 불러야겠다고 농담을 하기도 한다. 두꺼비는 오랜 세월 기복을 들어주는 동물로 통했다.

중국에서 높이 쳐주는 두꺼비는 용과 관련이 있다. 용은 어디에 있느냐를 기준으로 크게 네 종류로 나뉜다. 물속에 있으면 잠룡潛龍, 물 밖으로 나오면 현룡見龍, 하늘을 날면 비룡飛龍, 그리고 마지막이 항룡亢龍이다. 네 가지 용 중 최고는 비룡이고, 항룡은 절정이 지나버린 용이다.

전설상 최고의 영물로 치는 용 중의 용, 비룡飛龍이 여의주如意珠를 물고 있다면 그것은 정점頂点의 상태를 의미한다. 여의주는 물고 있으면 무엇이든 마음대로 할 수 있게 해주는 구슬이기 때문이다. 이때 용이 여의주를 너무 오래 물고 있으면 입에서 침이 흘러내릴 것이다. 여의주를 물고 있는 용의 입에서 흘러내리는 용의 침! 최고의 진액이 아니겠는가? 이 침이 흘러 땅에 있는 두꺼비 등에 떨어지는 것이다. 이러한 이유로 두꺼비의 등에는 찐득찐득한 진액이 묻어 있는 것이다.

용 침의 최후 수혜자는 바로 두꺼비다. 이 진액은 한약재로 사용되는데 주로 강심제로 쓰인다고 하니 두꺼비의 느긋한 모습과 강심 작용은 무관하지 않은 듯하다. 여유 있는 행동을 중시하는 중국인들은 '만만디慢慢地'의 두꺼비에게 매력을 느꼈을지 모른다. 하늘을 나는 용과 땅을 엉금엉금 기는 두꺼비를 한 세트로 묶은 것이다. 훌륭한 착안이다.

중국의 정원에는 용과 두꺼비를 한 묶음으로 한 상像을 심심찮게 볼 수 있다. 대표적으로 상해의 예원豫園에서 볼 수 있다. 예원은 명 청 시대 강남 최대의 정원으로 명나라 사람 반윤단潘允端이 부모를 기쁘게 하고자 20년에 걸쳐 지은 곳이다. 예원의 곳곳을 보면 '대칭과 조화'의 의미가 느껴진다. 전후前後, 고저高低, 대소大小, 소밀素密, 허실虛實이 조화를 이루고 있다.

프랑스 베르사유 궁전의 정원에도 중국 정원에서 볼 수 있는 '좌우 대칭' 개념을 느낄 수 있다. 프랑스가 일찍이 중국 건축 양식의 영향을 받았기 때문이다.

예원의 백미白眉는 용 담장이다. 용이 담장 위에서 하늘로 나는 형상을 하고 있다. 용의 바로 밑에는 두꺼비가 있다. 중국에 있는 다른 용은 발가락이 다섯 개인데 이곳의 용은 발가락이 세 개뿐이다. 원래 중국에서 용은 황제를 상징하여 발가락을 다섯 개로 하고, 조선 용은 발가락을 네 개, 일본 용은 세 개를 허용하였다. 물론 개인 집에서는 용 장식물을 사용할 수 없었다. 발각되면 죽을 수도 있었다.

반윤단이 예원을 짓고 용 담장을 만들었다는 사실은 곧 황제에게
밀고되었다. 반윤단은 조사관에게 예원에 있는 용의 발톱은 세 개
로 황제의 금룡金龍 발가락 다섯 개와는 다르다고 변명하였고, 다행
히 위기를 모면하였다. 후일 사람들은 반윤단이 무사했던 것은 그
동안 용의 혜택을 받은 두꺼비의 보호 때문일 것이라고 말한다.

중국 도시의 상점 앞에도 두꺼비 상이 보인다. 장사가 잘되기를
바라는 상점 주인의 마음을 짐작하게 한다.
두꺼비는 과거를 준비하는 사람들에게도 색다른 의미가 있었다.
그들은 마음속에 '섬궁절계蟾宮折桂'라는 말을 새기면서 공부를 하였
다. 섬궁은 달月을 의미하는데 달에는 발이 세 개 달린 두꺼비가 살
고 있다고 믿었다. 절계切桂는 '(달에서) 계수桂樹나무를 꺾는다'는 뜻
으로 '과거에 급제하다'라는 의미로 쓰였다. '월계관月桂冠을 쓰다'라
는 말 역시 비슷한 맥락이다.

섬진강 두꺼비

우리나라 전설에 나오는 두꺼비는 중국 두꺼비와는 역할에서 차
이가 있다. 중국의 두꺼비는 주로 혜택과 재물복을 가져다주지만
우리의 두꺼비는 간절하고 절박한 순간에 나타나 도움을 주는 영물

로 묘사된다.

　우리나라 두꺼비 이야기는 전주를 중심으로 하나는 서쪽 지방에서 다른 하나는 남쪽 지방에서 유래하였다. 서쪽 지방에서 유래한 이야기는 다름 아닌 동화 '콩쥐팥쥐'이다. 지금은 우리의 기억 속에서 희미해진 '콩쥐팥쥐' 이야기를 잠시 떠올려 본다.

　어머니를 여읜 콩쥐는 계모로부터 심한 미움과 학대를 받는다. 한술 더 떠 계모는 콩쥐에게 나무 호미로 자갈밭의 김을 매고 구멍 난 큰 독에 물을 채우라는 실행 불가능한 일까지 시킨다.

　'밑 빠진 독에 물 붓기'를 해야 하는 콩쥐가 절망에 빠질 무렵 어디선가 두꺼비 한 마리가 나타나 밑 빠진 독의 바닥을 등으로 막아 준다. 콩쥐는 그 후에도 계모로부터 여러 차례 핍박을 당하지만 당시의 이야기 대부분이 권선징악勸善懲惡이 테마였던 만큼 선을 행한 콩쥐의 해피 엔딩으로 마무리된다.

　한반도 중남부 진안에서 발원하여 광양만까지 200km 이상을 흐르는 섬진강은 사시사철 맑은 물이 차 있다.

　섬진강 하구에 공장이 있는 직장을 다니다 보니 강 하구에서 생산되는 민물조개인 재첩과 벚꽃이 피는 계절에만 나오는 10cm가 넘는 벚굴을 맛보면서 굽이굽이 섬진강을 따라 내려오는 설화와 전설을 들을 기회가 있었다.

　고려 말인 1385년, 강 하구에 왜구가 침입하자 두꺼비 수십만 마리가 몰려와 울부짖었다. 소름이 끼친 왜구들이 혼비백산하여 물러나자 이 소식을 전해 들은 고려 우왕이 '섬진강蟾津江'이라는 이름을 내렸고 지금까지 이 이름이 사용되고 있다. 두꺼비 울음소리에 왜구들이 바로 물러났다는 이야기는 당시 백성들의 간절한 소망을 반영한 설화이리라. 마지막 순간에 두꺼비 울음에 의지하는 것보다 평소 믿음직한 두꺼비들을 양성하는 것이 유비무환有備無患의 길이었을 것이다.

두꺼비상

————

일요일 점심 무렵이면 각 고을을 순회하며 방송하는 '전국노래자랑'을 자주 본다. 이 방송을 볼 때마다 느끼는 것은 각 지방의 구수한 사투리가 점점 약해지고 있다는 점이다. 사투리만 아니라 출연자들의 무대 매너나 입고 나오는 의상도 전국적으로 큰 차이가 없이 세련되었다. 모두가 미남 미녀다.

요즘은 모두가 잘 생기다 보니 듬직한 모습으로 콩쥐의 밑 빠진 물 항아리를 넓은 등으로 막아주던 두꺼비도 '외모 지상주의'에 휩쓸려 성형 수술을 해야 할 판이다. 성형 수술은 원래 사고를 당한 사람들의 얼굴을 회복하거나 흉터를 치료하기 위한 목적이었지만 오늘날의 성형은 외모를 향상시켜 자신감을 높이는 역할까지 하고 있다.

이런 시대적 분위기 속에 "아드님이 두꺼비상이네요!"라는 말을 호의로 건넸다면 어떤 반응이 나올까? '내 아들이 그렇게 못생겼단 말이지…'라는 반감을 일으킬 수도 있을 것이다. 만약 남의 딸에게 그런 말을 썼다면 반응은 거의 재앙 수준일 것이다. 상황이 이러다 보니 과거의 믿음직한 '두꺼비상'들은 '못생긴 얼굴'을 의미하는 것으로 어의가 변질이 되었다.

비록 핸섬하지는 않지만 고단한 일을 무던하게 감내하는 '두꺼비' 같이 든든한 친구들이 더러 있다. 자신이 맡은 일에 충실할 뿐 달콤한 말 같은 것은 할 줄 모른다. 반면, 말쑥한 옷차림과 잘생긴 용모로 나서기와 생색내기를 좋아하는 친구들도 있다. 그들은 말솜씨도 현란하여 사람을 기분 좋게 하는 재주도 있다. 두 종류의 인품이 결정적으로 대비될 때는 주변 사람이 어려운 일을 당했을 때다. 어려운 상황을 함께 나누는 이들이 진정한 떡두꺼비다.

그러면 '두꺼비상'은 어떻게 복을 부르는 얼굴로 인식되었을까? 옛사람들은 두꺼비의 모습에서 듬직함과 신뢰감을 느낀 듯하다. 사실 신뢰감은 비즈니스 세계에서는 최고의 덕목이다. 누구나 믿을 수 있는 사람과 거래하고 싶어 한다. 잘생기고 못생긴 것은 그다음이다.

용이 흘린 침에는 '듬직함과 신뢰감' 성분이 함유되어 있다.

03

눈이 없는 지렁이 蚯蚓 구인

서울 삼성동三成洞에 있는 고등학교 뒷길에서는 비가 오고 난 밤이면 가로등에 반사되는 지렁이의 꿈틀대는 몸뚱이를 볼 수 있다. 몇 발짝 옮길 때마다 대형 지렁이를 보게 되니 걷는 내내 몸이 긴장한다. 지렁이가 번들거리는 몸뚱이를 뒤틀 때는 시선을 돌리게 된다.

다음날 햇볕이 나면 온몸에 마른 모래를 뒤집어쓰고 고구마 줄기처럼 말라 죽은 지렁이를 보는 것은 그 자체가 고역이다. 그러다 시간이 조금 지나면 자잘한 개미와 파리가 몰려드는데, 그것 또한 보고 싶지 않은 장면이다. 인간도 죽으면 저 지렁이의 모습과 별다를 것이 없다는 생각에 더욱 외면하고 싶은지도 모른다.

지렁이는 원래 햇빛이 안 드는 축축한 땅속에서 사는 동물이다.

피부로 호흡하는 지렁이는 비가 오면 땅속에 있는 집에 물이 차 숨쉬기가 힘들어 밖으로 나오게 된다.

한 마리의 몸에 암컷과 수컷이 같이 있는 지렁이는 몸통 마디마디에 나 있는 작은 털로 몸을 지탱한 후 몸을 신축, 이완시키면서 오로지 앞을 향해 기어간다. 후퇴는 모른다. 지렁이가 땅 밖으로 나오면 안타깝게도 1차원의 삶을 살게 된다. 2차원을 사는 개미는 장애물이 있으면 돌아가거나 넘어가기도 하지만 1차원을 사는 지렁이에게는 U턴이 없다. 땅속을 누비는 대단한 지렁이지만 땅 밖으로 나오면 초라한 무능력자로 전락하고 만다.

지렁이는 매일 쉬지 않고 땅을 헤집으며 자기 체중 정도의 흙을 먹고 양분을 섭취한 후 찌꺼기는 꽁무니로 내보낸다. 지렁이가 헤집은 구멍으로 산소가 공급된 흙은 식물을 잘 자라게 한다. 나폴레옹이 "지렁이가 없는 땅은 정복할 가치도 없다"라고 말한 것은 바로 이런 이유 때문일 것이다.

나폴레옹Napoléon이 나오면 지렁이가 한 번 더 언급된다. 사실 나폴레옹은 지렁이 필체로 유명했기 때문이다. 워털루 전쟁 때 나폴레옹 휘하의 데를롱Dérlon 장군은 나폴레옹의 필체를 잘못 해독하는 바람에 엉뚱한 장소에서 전투를 벌였다는 전설적인 일화를 남기기도 하였다.

화제를 미래로 돌려 보자. 지렁이가 앞으로 인간에게 줄 혜택을 꼽는다면 의약과 미용 분야가 될 것으로 예상한다. 혈전 용해제인 룸브로키나아제Lumbrokinase를 지렁이의 소화 효소로 만들고 여성용 고급 립스틱에도 갈치의 비늘과 함께 지렁이가 사용되는 것을 보면 지렁이가 앞으로 인간에게 주는 혜택은 농업에 국한되지는 않을 것이 분명하다.

안목眼目

____

지렁이를 중국어로는 '구인蚯蚓'이라고 한다. 구蚯는 지렁이가 쌓아 놓은 배설물 더미를 묘사한 것이고, 인蚓은 지렁이의 앞 몸뚱이가 뒤 몸뚱이를 당기는引 형상을 비유한 것이다.

지렁이가 땅 밖으로 나오면 앞 몸뚱이가 뒤 몸뚱이를 힘겹게 당겨 어디론가 가려고 하지만 지렁이는 제대로 길을 찾지 못한 채 시간이 갈수록 지친 몸에서 수분이 빠져나가 탈진해 버리고 만다. 이 때 지나가던 새는 좋은 시력 덕분에 육식의 행운을 얻게 된다. 지렁이는 새들에게 눈과 발이 없이 태어난 서러운 몸뚱이를 보시布施한 후 조용히 생을 마감한다.

지렁이는 왜 길을 찾지 못하는 것일까? 눈이 없기 때문이다. 눈이 없기 때문에 가야 할 길에 대한 방향과 거리를 가늠하지 못한다. 신체적인 눈이 없더라도 후각, 촉각, 청각이 발달되어 있다면 죽음까지는 면할 수 있었을 것이다.

눈이 없어 죽어가는 것은 지렁이뿐이 아니다. 국가도 지도자를 잘못 만나면 백성이 상하고 국가마저 망할 수 있다. 앞에서 이끄는 지도자에게는 좋은 눈이 있어야 한다. 지도자에게는 지도자로서의 눈이 있어야 한다. 즉, 지도자로서의 안목眼目이 있어야 하는 것이다. 생리적 안眼과 인지하고 판단할 수 있는 목目이 필요하다. Look은 안眼에 해당되고 See는 목目이다. '안목眼目이 있다'는 'Look to see'로 표현할 수 있다.

일목요연一目瞭然

———

일본은 일찍이 메이지 유신明治維新을 통해 의회제도를 도입하였다.

1928년 일본 국회에서 있었던 이야기다. 일본 야당은 당시 총리인 이누카이 쓰요시犬養毅를 국회로 불러 질의와 문책을 하였다. "당신은 눈이 하나밖에 없어서 세상을 그렇게밖에 보지 못하시는가요?" 이에 이누카이는 "무슨 말씀! 나는 눈이 하나밖에 없어서 일목요연一目瞭然하게 볼 줄 아는 겁니다"라고 응수했다.

두 눈을 가지고도 제대로 보지 못하는 지도자가 문제다.

한국어, 영어, 중국어, 일본어를 막론하고 세상에 '보다' 만큼 많이 사용되는 동사는 없다. 중국어로 예를 들어보자. 간看, 시示, 견見, 관觀, 찰察의 의미가 각각 다 다르다.

간看은 '대강 보는 것'을 말한다. '주마간산走馬看山'이나 '주마간화走馬看花'가 여기에 해당한다. 병원에서 "어디 아프셔서 오셨어요?"라고 묻는 것은 간호사看護師이다.

시示는 '주어진 것을 보는 것'을 말한다. 전시회展示會에 가면 '보게 되는 것'이다.

견見은 '능동적으로 보는 것'을 말한다. 견학見學이 그 예이다.

관觀은 높은 곳에서 '대강의 상황을 보는 것'이다. 이때 관觀 자는 황새를 의미하는 관雚 자와 본다는 뜻의 견見 자의 합자이다. 황새는 하늘을 날며 지상에 무엇이 있는지를 대강 훑어본다.

찰察은 대강 훑어본 것 중에서 특기할 것이 있으면 '좀 더 자세히 살피는 것'을 말한다. 병원에서는 의사가 진찰診察을 한다.

복잡한 문제나 상황을 분명하게, 그 깊은 내면까지 삽시간에 파악하는 안목을 영어로는 Insight라고 한다. Insight가 제대로 형성되려면 과거를 보는 Hindsight, 미래를 보는 Foresight가 모두 갖추어져야 한다. 그래야 시간의 흐름을 꿰뚫어 보고 역사를 제대로 알 수 있다는 말이다.

지도자의 눈

———

아무리 뛰어난 지도자라도 현재 상황을 정확히 파악하고 미래를 예견하는 것은 결코 쉬운 일이 아니다. 처칠은 지도자에게는 '역사를 보는 눈'과 '사람을 보는 눈'이 있어야 한다고 말했다. 지도자는 결국 이 두 가지 능력을 가지고 국가나 조직을 이끌어가는 것이다. 만약 지도자에게 이 두 가지 눈이 없다면 차라리 지도자의 길을 포기하고 필부의 삶에 자족하는 편이 나을 것이다.

그럼 안목은 어떻게 형성되는가? 사람은 타고난 지능, 교육, 교류의 세 가지를 고루 이루어야三成 안목이 형성된다. 타고난 지능은 유전적 소인이 크다. 성장 환경과 교육은 좋으면 좋겠지만 과한 경우 타인에 대한 공감과 연민이 부족하여 선민의식을 갖기 쉽다. 반대로 너무 곤고한 환경에서 성장하면 독해지고 쩨쩨해질 수도 있다. 만약 성장 환경과 교육에서 부족한 점이 있다면 사람들과의 교류를 통해서 배우고 깨우치면 다듬어질 수 있지만, 교류가 부족하면 고립과 독선에 빠져 버리고 만다.

국가 지도자는 어떤 안목을 가져야 하는가? 무릇 지도자는 먼저 자신이 할 수 있는 일과 할 수 없는 일을 구분할 수 있는 능력이

● 1970년대 심리학자 John H. Flavell이 만든 용어. 자신을 돌아볼 수 있는 인지 능력을 말한다. 메타인지 능력이 있으면 먼저 자신이 잘할 수 있는 일과 그렇지 않은 것을 인식하도록 하여 잘하지 못하는 것은 추가로 노력을 하거나 남의 도움을 받게 된다.

있어야 한다. 심리학에서는 자신의 능력을 아는 능력을 '메타인지Metacognition● 능력'이라고 한다. 먼저 자신의 분수分數를 알아야 한다는 말인데 임기가 있는 지도자에게는 꼭 필요한 능력이다. 이러한 분별 능력이 없으면 신神과 같은 소리를 반복하고 아랫사람들은 계속 '다짐'만 한다.

맹도盲導와 맹도盲徒

———

공자 역시 "아는 것을 안다고 하고, 모르는 것을 모른다고 하는 것 그것이 곧 앎이다知之爲知之 不知爲不知 是知也"라고 설파한 바 있다.

지렁이는 눈이 없는 앞 몸뚱이 때문에 뒤 몸뚱이까지 개펄으로 끌려간다. 그러다가 몸뚱이 전체가 뙤약볕에 내던져지게 되는 것이다. 눈이 없는 지렁이가 죽어가는 모습은 눈이 없는 지도자에게 운명을 맡겼다가 역사의 뒤안길로 사라진 왕조와 그 백성들의 재현일 것이다.

안목이 없는 지도자는 '맹도盲導'이다. 그러한 지도자를 따를 수밖에 없는 무리나 백성은 '맹도盲徒'가 되고 만다.

04

눈도 깜빡이지 않는 뱀蛇 사

　　시골에서는 8살에 초등학교를 입학하는 아이도 있었지만 10살이 되어서야 입학하는 아이도 있었다. 또 10살짜리 형이 8살짜리 동생과 같이 입학하는 경우도 드물게 있었다.

　초등학교 3학년 때로 기억한다. 당시 12살 된 자폐 성향의 갑수는 서울에서 발령받아 오신 지 몇 달 안 된 여선생님이 교실에 핸드백을 두고 교무실로 간 사이, 핸드백 속에 누룩뱀 한 마리를 산 채로 집어넣었다. 그때는 토요일에도 오전 수업을 할 때였다. 그날은 마침 선생님이 한 달에 한 번 서울에 올라가시는 날이었다. 선생님은 기차가 닿는 읍내까지 가려면 면사무소 앞 정류장에서 버스를 타야 했다. 버스표를 사려고 핸드백에서 지갑을 꺼내려는 순간 뱀이 머리를 쓰윽 치켜든 것이다.

가냘프게 생긴 박 선생님은 혼비백산했고 정류장에서 버스를 기다리시던 동네 어른들은 박 선생님에게 급히 냉수 한 잔을 마시게 하여 겨우 진정하게 하였다.

다음 주 월요일 혼쭐이 난 갑수에게 왜 그랬냐고 묻자 "그냥…"이라고 답했다. 아마 갑수는 선생님을 놀라게 하여 관심을 끌고 싶었던 것 같다. 갑수네 집은 유달리 돌이 많은 옛 성터 자리에 있었다. 돌이 많고 담장이 많은 곳에는 뱀이 많이 산다. 독이 없는 누룩뱀은 갑수에게는 그저 놀이 상대였다. 갑수는 자신의 장난감인 뱀을 '그냥' 선생님에게 선물했는지도 모른다.

서양에서 뱀은 사탄의 간교함을 나타내지만, 동양에서는 12간지 중 여섯 번째로 쳐주는 유일한 파충류이다. 특히 한국에서는 집에 사는 구렁이를 '업業'이라고 부르며 집안의 '재물'을 지켜주는 존재로 보았다. 업業은 광에 있는 곡식 가마니를 갉아먹는 쥐를 잡아먹는 구렁이를 가리켰다. '부잣집에서 업이 나갔다'는 말은 '그 부잣집이 머지않아 망한다'는 의미의 속언이었다.

지구상의 모든 동물은 걷거나, 뛰거나, 날거나, 헤엄치거나, 기어서 이동한다. 뱀의 이동은 단순히 '긴다'라고 하기에는 표현이 충분하지 않다. 몸을 물에 담그지 않고도 수면 위를 미끄러지듯 이동할 수도 있기 때문이다. 불현듯 뱀이 미끄러져 나아가는 동작이 참 독특하다는 생각에 여러 언어 사전에서 뱀의 이동 동작에 맞는 동사가 있는지 찾아보았다. 한국어, 중국어, 일본어 사전을 다 찾아보았지만 동작을 실감나게 묘사한 동사를 찾기는 쉽지 않다. 영어 사전을 찾아보니 뱀의 미끄러지는 동작은 '슬리더 Slither'라는 동사로 표현하였다. 발음해 보니 뱀의 움직이는 동작과 '슬리더'라는 어감이 묘하게 어울린다는 느낌을 받는다.

뱀의 감각 기관

모든 생물체는 자신만의 독특한 모습과 행태로 살아간다. 그중 에덴 동산 시절 일찍이 인간에게 처음 말을 걸었다고 알려진 뱀은 생김새나 살아가는 방식에서 다른 동물로부터는 도저히 느낄 수 없는 강한 개성이 있다. 비늘로 덮인 전신, 끊임없이 날름거리는 갈라진 혀, 길고 뾰족한 독니, 깜빡이지 않는 눈, 무표정하게 상대를 응시하는 모습, 똬리를 틀고 공격 기회를 노리는 모습, 사지가 없는 긴 원통형의 몸뚱이로 땅바닥이나 수면 위를 문지르듯 전진하는 뱀의 괴이한 모습은 쉽게 형언할 수 없는 이질감과 두려움을 느끼게 한다.

사람들은 뱀을 "징그럽다!"고 하면서도 동물원에 가서 어지간한 동물들을 다 보고 나면 "뱀은 어디 있지?"라고 하면서 뱀을 보고 싶어한다. 동물원에 있는 뱀들은 생육 조건이 맞지 않아서인지 귀찮아서 인지 구석에 똬리를 틀고 꿈쩍도 안 한다. 독일 뒤셀도르프

Düsseldorf의 작은 동물원인 아쿠아초Aquazoo의 뱀들은 다르다. 독일인 특유의 섬세하고 과학적인 방법으로 동물 각각에 맞는 생육 조건을 만들어 주어 뱀도, 악어도, 거미도, 야생에서와 같이 '쌩쌩'하다. 그곳에서 뱀의 눈을 자세히 살펴볼 기회가 있었다.

뱀은 우선 눈을 깜빡이지 않는다. 눈꺼풀이 없기 때문이다. 눈꺼풀이 없는 대신 눈은 투명한 막으로 덮여 있다. 깜빡이지 않는 눈으로 깜빡이는 눈을 가진 상대를 쳐다본다면 상대는 곧 지쳐버리고 말 것이다. 또 뱀의 등에는 작은 비늘들이 일정하게 배열되어 있다. 배에도 가느다란 비늘이 일렬로 배열되어 있다. 군사 퍼레이드처럼 일정한 배열은 문득 섬뜩함을 느끼게 한다.

깜빡이지 않는 눈을 가진 뱀은 시력과 청력이 신통치 않다. 뱀은 눈으로 초점조차 맞추지 못하고 귀가 없어서 한정된 소리만 들을 수 있을 뿐이다. 뱀은 이러한 시각과 청각의 부실함을 후각으로 보완한다. 뱀의 후각은 콧구멍을 따라 나 있는 한 쌍의 '야콥슨 기관'에 의존한다. 야콥슨 기관에는 냄새에 민감한 신경의 말단이 있다.

뱀은 두 가닥으로 갈라진 까만 색의 혀를 수시로 날름거리며 냄새를 맡는다.

혀로 잡은 냄새 입자는 야콥슨 기관에 전달되어 물체를 식별한다. 자신이 감지한 냄새가 어느 방향에 있는지 탐지하여 먹이의 냄새면 추격을, 천적의 냄새면 퇴각을 한다. 수컷의 갈라진 긴 혀와 야콥슨 기관은 암컷을 찾아가는 수단이 되기도 한다.

뱀은 냄새를 감지하는 야콥슨 기관 이외에 특이한 기관이 하나 더 있다. '피트 기관'이다. 뱀의 눈과 콧구멍 사이에 있는 이 '피트 기관'으로 다른 생물체가 내는 섭씨 0.003도의 미세한 열까지 감지한다. 열을 감지하여 상대방의 위치를 파악하면 어둠 속에서도 항온 동물을 보지도 않고 바로 공격한다.

미군의 주력 헬기인 아파치의 '사이드와인더Sidewinder'라는 열 감지 미사일은 사막을 시속 30km로 유영하듯 누비는 뿔방울뱀의 피트 기관에서 힌트를 얻어 개발되었다.

신체적 특징

────

뱀은 몸통이 길다 보니 내부 기관도 길고 가늘게 되어 있다. 간과 신장 같은 기관은 모두 쌍으로 위치한다. 다만 위를 포함한 소화 기관만은 몸 전체에 분포되어 있다. 위는 거대하게 팽창할 수 있고 장에는 강력한 소화 효소가 있어 어떤 것을 섭취하든 3일이면 충분히 소화한다. 다만, 털이나 깃털은 소화하지 못한다.

뱀의 척추는 긴 몸뚱이를 이어주는 만큼 마디마디가 잘 연결되어 있다. 뱀의 움직임이 빠르고 유연한 것은 많은 갈비뼈 덕분이다. 사람의 갈비뼈는 24개, 뱀의 경우 적게는 200개, 많게는 400개까지 있다. 뱀의 수많은 갈비뼈는 몸 전체를 감싸 내장을 보호해 줄 뿐 아니라 자유자재로 방향 전환을 할 수 있도록 해준다.

뱀의 머리는 거의 360도 가까이 회전할 수 있어 뒤에서 나타나는 적도 쉽게 식별할 수 있다.

뱀은 일단 먹이를 입에 물면 먼저 머리를 삼킨 후 턱뼈를 움직여 식도로 들어가게 한다. 뱀의 몸통과 피부는 탄력적이라 자기 몸보다 네 배나 큰 동물을 먹어도 찢어지지 않는다.

뱀은 새끼를 낳는 종과 알을 낳는 종이 있다. 알을 낳는 암컷 뱀은 거북이처럼 물렁물렁한 알을 낳는다. 성체가 되는 기간은 종에 따라 다르지만 1년에서 9년까지 다양하고, 수명도 4년에서 25년까지다. 뱀도 다른 파충류처럼 성체가 되고 나서도 죽을 때까지 조금씩 성장을 계속한다.

뱀의 전신을 덮는 비늘은 규칙적으로 배열된 물고기의 비늘처럼 보이지만, 젤라틴으로 된 뱀의 비늘은 알고 보면 피부의 일부분이다. 물고기의 비늘은 한 장, 한 장 떨어지지만 뱀은 전체가 한 판으로 된 피부이다. 뱀의 비늘은 몸을 보호하고, 체내에서 수분이 빠져 나가지 않도록 하는 역할을 한다. 뱀이 사막에서도 생존할 수 있는 이유는 다 비늘 덕분이다. 뱀의 피부가 끈적거릴 것처럼 보이지만 실은 매우 건조하다. 특히 배에 있는 비늘은 많은 갈비뼈와 함께 몸이 앞으로, 특히 S자 방향으로 유연하게 전진하도록 도와준다.

뱀은 여러 번의 탈피를 하면서 비늘이 벗겨지지만, 비늘의 수와 무늬는 그대로다. 바깥 피부와 비늘이 한 세트이기 때문이다. 뱀은 원피스One Piece 탈피를 하는데 눈까지 탈피한다. 탈피는 입 부분에서 시작하여 삽시간에 미끄러지듯 이루어진다. 늦어도 30분을 넘지 않는다. 시간을 끌다 허물을 벗지 못하면 허물 속에 갇히게 되기 때문이다. 비늘이 딱딱해지면 성장도 못 하고 무엇보다 호흡과 대사를 못하게 되어 죽게 된다.

　뱀의 평균 체온은 섭씨 25도 정도로, 체온이 그 이하로 내려가면 뱀은 소화를 하지 못하고 먹은 것마저 토해 버린다. 추운 날씨가 괴로운 뱀은 일광욕이라도 해서 어떻게든 체온을 높이려고 한다. 심지어 여름철에도 숲에 있다 찬 소나기를 맞고 나면 체온을 높이려고 숲 밖으로 나와 햇볕을 쬔다. 체온이 낮아지면 소화 효소가 분비되지 않아 먹은 것이 썩기 때문이다. 그런 이유로 뱀은 기온이 많이 내려가면 겨울잠을 자서라도 신진대사를 줄여야 한다.

　뱀은 외롭게도 늘 독신으로 지낸다. 주거지는 원래 있었던 구멍이나 담장 밑, 나무뿌리 틈새로, 섭씨 15도 정도의 선선한 환경이면 어디든 좋은 서식처가 되는데 산이나 하천은 물론 사막이나 대양에도 서식한다. 지구상의 뱀은 모두 3천여 종으로 지상과 지하에서 생활하는 종도 있고 나무 위에서 사는 종도 있다. 나무 위에 사는 종은 꼬리 부분이 몸길이의 1/3을 차지하고 땅속에 사는 것은 꼬리가 몸길이의 1/10 정도이다.

뱀은 일본의 홋카이도와 같이 추운 곳, 한국의 울릉도, 아일랜드나 뉴질랜드 같은 화산섬에서는 살지 않지만 하와이, 괌, 제주도 같은 일부 화산섬에는 외부에서 유입된 뱀들이 서식하기도 한다. 이들은 육지에 사는 같은 종의 뱀보다는 크기가 조금 작다.

치명적 약점

———

뱀에게는 독특한 습관 하나가 있다. 외출했다 귀가할 때는 언제나 같은 길로 오는 것이 그것이다. 다른 동물들도 밖에 나갔다 거처로 돌아갈 때는 익숙한 길을 이용하지만 뱀의 경우는 오로지 오던 길로만 온다. 한마디로 심한 경로 의존적 Path Dependent 습관이 있는 것이다. 뱀의 경로 의존적 습관은 때로는 뱀에게 치명적으로 작용한다.

뱀 잡는 것을 생계로 하는 땅꾼들은 경험과 사전 답사를 통해 뱀의 귀가 경로를 파악해 둔다. 이들은 뱀이 벗어 놓은 허물이나 땅의 모습을 눈여겨보았다가 뱀이 귀가하는 길목에 모기장 같은 망을 일렬로 쳐 놓는다. 이후 귀가하려던 뱀은 늘 가던 길에 망이 쳐져 있는 것을 발견하지만 늘 같은 방향으로만 가기 때문에 망을 우회하지 못하고 어쩔 줄 몰라 하다가 망 밑에 옹기종기 모여 있게 된다.

'때가 되었다'고 판단한 땅꾼은 모여 있는 뱀들을 침착하게 한 마리씩 수거하기 시작한다. 뱀의 태생적 습관이 죽음을 부르는 것이다.

인간사를 보아도 진군만 중요한 것이 아니라 회군이 중요할 때도 있다.

'오로지 한길!' 매력적으로 들리지만 자칫하면 목숨까지 잃는다. 안 되면 우회도 해야 한다. 우회하다 보면 뜻밖의 행운을 만날 수도 있고 뜻밖의 것을 발견할 수도 있는 것이다.

늘 가던 커피숍이 아닌 다른 찻집을 갔더니 의외로 분위기가 좋다는 것을 알게 되고 새로운 친구도 사귀게 된다. 우연이 주는 행운이다. 요즘 우리는 그것을 '세렌디피티Serendipity'라고 한다.

애리조나 방울뱀●

어느 해 초겨울 미국 애리조나주를 여행하게 되었다. 카우보이가 말을 타고 소떼를 몰았다던 애리조나의 초겨울은 황량할 대로 황량하였다. 여행 중에 길을 잘못 든 통에 늦은 밤까지 묵을 곳을 찾지 못해 사막 길을 가는데, 달빛조차 없어 당황스럽기만 했다.

사람이 살 것 같지 않은 외딴곳에서 용케 민박집 표시를 발견하게 되었을 때는 안도감이 느껴졌지만 뭔가 꺼림직하기도 하였다. 어렸을 때 들었던 '하룻밤을 묵게 된 선비가 문풍지 틈으로 본 바느질하

● 곽정식, 《생존과 자존》, p130-133

는 여인의 혀가 두 갈래로 갈라진 것을 보았는데 나중에 보니 그 여인이 큰 구렁이더라'라는 옛날이야기의 무서움이 스칠 무렵, 쉰 살 정도로 보이는 아주머니가 "이 밤에 웬일이냐?"고 잠에서 덜 깬 목소리로 물을 때는 적잖이 안심이 되었다.

투숙을 하게 되었고 고단한 여정이다 보니 생각보다 늦게 일어났다. 숙박료를 지불하러 주인아주머니를 찾아 인기척이 나는 방으로 들어가 보니 푸짐한 아침 식사가 준비되어 있었다. 아주머니는 같이 먹기 위해 기다렸다고 하면서 저쪽에 싸 놓은 음식은 떠날 때 잊지 말고 가져가라고 했다.

아침 식사를 하면서 그녀가 어떻게 이런 외딴 마을에서 살게 되었는지 듣게 되었다. 이웃 마을에서 태어나고 자란 그녀는 남편과 헤어진 후 아들 '해리'를 키우면서 살게 되었는데 여섯 살이 되면서 해리는 방울뱀과 '노는 것'이 취미가 되었다고 했다.

치명적인 독을 가진 방울뱀도 해리를 알아보고는 양순하게 굴었다. 해리가 LA로 중학교에 간 후 여름 방학에 집에 오면 조그만 유리병을 가지고 나가 방울뱀의 앞니에서 독을 채집하여 인근 백혈병 연구소에 판다고 했다. 그녀는 독을 채집하는 것을 젖소에서 우유를 짜는 것처럼 '밀킹Milking'이라고 표현하였다.

마침 방학이라 늦잠을 자던 해리가 부스스한 모습으로 우리 일행의 아침 식사에 동석하게 되었다. 해리는 자신의 방울뱀 밀킹은 꽤 고수입이라 그것으로 일 년 학비와 체재비를 충당할 수 있다고 했다.

해리가 어릴 때부터 어떻게 뱀을 잡을 수 있는지 궁금하여 물어보았다. 1971년생 돼지띠 해리의 말에 따르면 방울뱀은 겁이 많은 연약한 동물이고, 긴 몸 때문에 몸을 뒤로 돌리기 어려워 주로 앞으로 가는 습관이 있어 뒤에서 목을 눌러 잡아야 한다는 팁까지 알려 주었다. 동양식으로 따져 보아도 돼지는 뱀을 두려워하지 않는다.

지구상 3천여 종의 뱀 중 우리나라에는 십여 종이 있다. 이 중 독사는 살모사, 쇠살모사와 까치독사가 있는데 뱀독으로 백혈병은 물론 항암, 고혈압 치료약품과 여성들의 주름살을 펴주는 상품까지 나온다고 하니 뱀이 옛적에 이브에게 저지른 실수의 빚을 이제야 갚을 모양이다.

아침 이슬을 벌이 먹으면 꿀이 되고, 뱀이 먹으면 독이 된다는 말이 있다. 방울뱀의 경우는 맹독을 만들지만, 그 독이 귀중한 백혈병 치료약을 만드는 것이다. 극은 극을 낳으며, 극과 극은 통한다는 말이 있다. 해리의 엄마가 들려준 두 단어 문장 'Extremes meet!'는 아직도 외우고 있다.

의사와 뱀

내가 자주 가는 내과의 의사 선생은 그다지 친절하지 않다. 병원을 다닌 지가 10년이 넘었지만, 여전히 차갑다. 내가 구구절절 늘어 놓는 증상을 끝까지 들어주고 놓치는 증상이 있을까 염려되어 여러 질문도 하지만 표정은 여전히 차갑다.

나는 무례하지 않을 정도로 차가운 의사 선생을 신뢰한다. 친절을 강요하는 세상이 되었지만 의사는 친절보다 우선하는 '차가움'이 있 어야 한다. 눈으로 환자의 안색을 살필 때나 청진기로 환자의 몸이 보내는 신호를 들을 때도, 수술을 할 때도 의사는 늘 차가움을 유지 해야 한다.

의사는 병을 알아내서 사람을 살리는 직업을 가진 사람이다. 검 사, 판사, 변리사, 건축사… 등 전통적으로 선호되던 직업에는 사事 자나 사士 자가 붙지만 스승 사師 자가 붙은 직업은 의사가 유일하 다. 의사를 지칭할 때도 의사 선생님이라고 하는데 바로 스승 사 자 가 붙어 있기 때문일 것이다. 우주와 같은 인간의 몸을 보는 의사는 뱀처럼 차갑고 냉정해야 한다. 적당히 해서도 안 되고 들떠 있어서 도 안 된다. 들떠 있으면 눈앞에 있는 열쇠도 보이지 않는 법이다. 매일 대하는 모든 환자들에게 한결같은 차가움을 유지하는 것은 결 코 쉬운 일은 아닐 것이다.

최근에도 그 내과에 들렀다. 대기 시간이 길어져 대기실 벽에 붙 은 이런저런 알림 글이나 의학 정보 등을 읽어 보다가 대한의사협 회 문양에 뱀이 있다는 것을 알게 되었다. 우연의 연속일까? 마침 텔레비전에서는 WHO^{World Health Organization} 책임자가 당황한 모습으로 팬데믹 상황을 설명하고 있다. 그의 뒤로 보이는 WHO 문양에 있는 뱀도 눈에 들어왔다.

뱀이 의료기관의 문양에 들어간 유래에 대해 이종욱 박사●로부터 그의 생전에 들은 적이 있다. 그는 성경 〈민수기民數記〉●●에 나오는 이야기를 들려주었다.

이집트에서 박해를 받다 탈출한 이스라엘 백성 사이에서 차라리 이집트 생활이 낫다고 불평한 자들이 나타나자 하나님은 그들에게 불뱀을 보내어 그들의 목숨을 거두셨다. 그들이 다시 모세에게 애원하자 모세는 하나님께 구원을 요청하였다. 하나님은 "장대에 매단 구리뱀을 쳐다보라!"고 하신다. 뱀에 물린 자들이 모세가 만들어 장대 위에 매단 구리뱀을 보자 살게 되었다는 이야기다.

여기서 불뱀은 하나님의 진노를, 구리뱀을 보는 것은 하나님을 따르는 믿음을 의미한다. 구리^{Cu}에는 항바이러스 기능이 있어 엘리베이터 버튼에도 구리 성분이 들어가니 '구리뱀'에서 신기함을 느끼게 된다.

●　이종욱 박사(1945~2006)는 사스(SARS)가 발생한 2003년 WHO 사무총장이 되었다. 그는 전염병 발생시 30분 만에 각국의 관계자들과 WHO가 공동으로 대응할 수 있는 시스템을 개발하여 2009년 신종플루와 2015년 메르스를 성공적으로 대응한 공적을 세웠다. 이러한 공로를 인정받아 이종욱 박사는 생전에 '백신의 황제'로 불렸다.

●●　민수기(民數記): 히브리어 모세 오경 가운데 네 번째 책으로 하나님이 약속한 안식의 땅 가나안으로 그의 백성 이스라엘 민족을 인도하는 내용이다. 출애굽 이후 40년 동안의 유랑 생활, 두 차례의 인구수 조사가 기록되어 있다. 〈민수기〉의 영어명은 'Numbers'이다.

허물

　뱀을 흔히 볼 수 있었던 시절에는 일상에서도 뱀 이야기나 뱀을 비유한 이야기를 자주 했다. 여러 아이를 키우던 어머니는 자식들이 벗어 놓은 옷가지를 치우면서 바지를 집어 들고 "아이고~ 꼭 뱀 허물 벗어 놓은 것 같네!"라고 농담 섞인 말씀을 하셨다. 벗어 놓은 바지의 엉덩이와 다리 부분이 금형으로 찍어낸 것처럼 모양이 잡힌 것을 그렇게 말씀하셨던 것이다. 뱀이 성장하면서 점점 허물이 커지듯 우리가 벗어 던지는 옷들도 점점 커지고 어머니의 빨랫감도 갈수록 늘어만 갔다.

　오랜만에 등산을 갔다가 나무에 걸린 뱀 허물을 보았다. 뱀이 허물을 벗는 것은 성장을 위해서다. 뱀은 일 년에 두어 차례 허물을 벗는다. 끊임없는 자기 변신을 통해서 성장하는 것이다. 허물을 벗지 못하는 뱀은 굳어져 죽고 만다. 사람도 생각이 성장하지 못하면 죽은 것과 다름이 없다. 새로운 시도를 하지 않는 삶도 허물에 갇힌 채 죽어가는 뱀과 다름이 없는 삶이다.

　사람은 누구나 뱀처럼 벗어 버려야 할 허물들이 있다. 허물을 벗는다는 것은 다시 태어나는 것과 같기에 쉽지 않은 일이다. 허물이 평생 가졌던 나쁜 습관일 수도 있고 나쁜 경험으로 생긴 완강함 일 수도 있기 때문에 벗어 버리기가 쉽지 않다. 쉽지는 않지만 포기해서는 안 된다.

오늘 밤 내가 벗어야 할 허물이 무엇인지 깊이 생각해 본다.

"허물을 벗지 못하는 뱀은 죽는다. 관점을 바꾸지 못하는 마음도 마찬가지다" 니체F. W. Nietzsche의 말이다.

· 참고문헌 ·

- DK Publishing, 《Smithsonian Natural History》

- DK Publishing, 《Insects-Smithsonian Handbooks》

- Martin Walters, 《The Illustrated World of Encyclopedia of Insects》

- DK Publishing, 《Eyewitness Insect, Eyewitness Books Insect》

- 《불가사의적 곤충학》, 북경연합출판공사

- 《충충성구》, 중국우의출판공사

- 《Insekten》, 독일blv

- 《곤충기》, 흑룡강성미술출판사

- 장 앙리 파브르 지음, 김진일 옮김, 《파브르 곤충기》, 현암사, 2006

- 리처드 도킨스 지음, 홍영남, 이상임 옮김, 《이기적 유전자》, 을유문화사, 2010

- 이영보, 《거미가 궁금해?》, 자연과생태, 2018

- 프랑크 셰지이, 뤽 알랭 지랄도, 기 테롤라즈 지음, 이수지 옮김, 《동물들의 사회》, 알마, 2009

- 새라 루이스 지음, 김홍옥 옮김, 《경이로운 반딧불이의 세계》, 에코리브르, 2017

- 스콧 R. 쇼 지음, 양병찬 옮김, 《곤충 연대기》, 행성B, 2015

- 장수철, 이재성, 《아주 특별한 생물학수업》, Humanist, 2015

- 권오길, 《생명 교향곡》, 사이언스북스, 2013

- 최지원, 《유학자의 동물원》, 알렙, 2015

- 정부희, 《곤충들의 수다》, 상상의숲, 2015

- MBC 위대한 본능 제작팀, 성기수, 고혜림, 《곤충 위대한 본능》, 씨앤아이북스, 2014

이 책을 쓰면서 오랜 친구老朋友 충虫선생들과 다시 한번 우정을 나누었다. 어떤 친구는 하필이면 왜 자신만 뺐냐고 항의하기도 했다. 그중에 하루살이가 있었다. 그는 다음과 같은 메시지라도 꼭 남기고 싶다고 했다.

인간은 '바쁘다, 한가하다, 빠르다, 느리다'라고 늘 '시간'을 가지고 말한다. 하루를 사는 우리 하루살이들(생물학적으로는 며칠까지도 살지만)에게 하루의 시간은 일생이다. 인간은 그 '일생'을 수만 번을 살고 있는데 무엇 때문에 그리 쫓기고 사는가? 여유를 가지고 천천히 누리면서 사시라. 그러면 모든 것이 편하고 아름다울 것이다.

일리가 있는 말이다.

우리는 원하건 원하지 않건 '스마트' 사회에서 살게 되었다. 최근에만 해도 AI, 암호화폐, 5G, 인더스트리 5.0이라는 새로운 용어들이 추가되었다. 세상과 같이 호흡하려면 이러한 용어의 의미라도 알아야 하는데 그것마저 쉽지 않다. 새로운 용어를 깨우치고 나면 또 다른 용어가 출현한다. 배우느라 허덕이다 끝나는 게 아닌가 하는 생각이 든다.

앎은 크지만 깨우침이 적은 세상에 살고 있다. 물론 알아야 한다. 우리의 앎이 단순한 지식의 확대로 끝난다면 그것은 허무한 이야기이다. 인간은 앎과 소유에 대한 욕망 그리고 그것들에 대한 권태로 물질문명의 발전을 이루었다. 물질문명이 발전할수록 동動의 시간이 늘어나면서 소박한 정靜의 시간은 줄어들어만 간다.

깨우침은 자연에서 온다. 생명에서 온다. 앎이 있는 사람은 정의와 공정을 말하지만 깨우침이 있는 사람은 연민과 배려를 마음에 담고 산다.

이 글을 맺기 전에 고마운 분들께 감사를 전한다. 먼저 어린 시절 《파브르 곤충기》를 건네주고 읽기를 권한 곽영수 숙부님과 원고를 감수해 주신 양재덕 고모부님, 이규태 선배님께 감사를 드린다.

디자인을 지도해 주신 박동애 선생님, 삽화를 그려 주신 박재동 화백님께도 감사를 드린다.

1998년 파충류와 양서류의 신체와 서식 환경에 관한 상세한 설명을 제공한 독일 뒤셀도르프의 Aquazoo 동물원, 2010년 아프리카를 비롯한 오지 국가 출장 시 자연 풍물에 대한 숱한 질문에 답을 준 현지의 가이드들, 2015년 3월 아라비아 사막을 관찰할 기회를 준 사우디아라비아 공공 투자기금, 2019년 곤충류의 서식에 대한 탐구 기회를 제공한 나이아가라 공원의 Butterfly Conservatory, 시카고

Field Museum, 중국 상해, 천진, 서주의 박물관, 천진에 소재한 부의 溥儀 기념관의 관계자들께도 감사를 드린다.

곤충과 관련된 중국자료 요청에 성의 있는 답을 찾아 준 김철호 선생 부부와 그동안 중국어를 지도해 주시고 원고에 좋은 의견까지 주신 박정희 선생, 진채란 선생, 김수정 박사께도 감사를 보낸다.

곤충이 인류의 식문화, 환경, 기후 변화에 미치는 영향까지 다양한 주제에 막힘이 없었던 라승용 박사, 쇠똥구리로 신의 섭리를 다시 한번 확인했다는 방혜선 박사에게 감사를 드린다. 미국의 노먼 볼로그 Dr. Norman Borlaug 박사가 일찍이 탄수화물 증산으로 기아를 해결한 공로로 노벨평화상을 수상하였듯 우리나라 농촌진흥청이 곤충을 통한 단백질 개발로 영광의 시간을 맞이하기 바란다.

아울러 세미나와 토론을 같이 한 중국생태연구소의 Feng Ying冯颖 교수, Yang Zixiang杨子祥 교수, Wu Haixia吴海霞 박사를 비롯한 Liu Jvan刘娟, Zhang Jinwen张金稳, Wang Weiwei王伟伟, Liu Pengfei柳鹏飞, Wang Wei汪伟 연구원과 이외에 수고를 아끼지 않은 Lu Xin陆沁, Ling Xiaofei凌晓霏 님께 이 기회를 빌려 감사의 말씀을 드린다.

끝으로 이 책을 읽어 주신 모든 독자들께 큰 감사를 보낸다.

虫 · 선 · 생

충^虫선생

초판 1쇄 │ 2021년 3월 29일
　　2쇄 │ 2021년 5월 10일

지은이 │ 곽정식
펴낸이 │ 신정수
진행 │ 박시현 · 박소해

디자인 │ 기민주
일러스트 │ 에코코리아 생태스케치 송지인 · 김윤선 · 김지선 · 정인숙 · 이명혜
인쇄 │ 상지사 피앤비
펴낸곳 │ 자연경실
주소 │ 서울시 서초구 방배로19길 18, 남강빌딩 301호
전화번호 │ 02) 6959-9921
팩스 │ 070) 7500-2050
홈페이지 │ http://pungseok.net
전자우편 │ pungseok@naver.com

ⓒ 2021 곽정식
ISBN 979-11- 89801-36-6 03810